我單身的最後一年

沒有人想當孤島，但有時自然就脫隊了。
如果我「剛好」一個人，那我就「好好」一個人……

王文華

王文華

作品包括《蛋白質女孩》、《61×57》、《倒數第二個女朋友》等小說。和《空著的王位》、《創業教我的50件事》、《開除自己的總經理》等自傳。

王文華的臉書

一月

1

阿成LINE明麗，「介紹個男人給你。」

「對我這麼好？」明麗回。

「他剛從美國搬回台灣。」

「幾歲？」

「比你大一輪！」

「那怎麼還沒結婚？還是離了？」

「從沒結過。」

「同志？」

「據我所知不是。」

「『不是』，還是『據你所知』不是？」

「這種事我怎麼確定？」

「脾氣怪？」

「比我好多了。大家都很喜歡他。」

「還是有心靈創傷？」

「喂，很囉唆耶，到底有沒有興趣啊？」

2

阿成推門走進餐廳，坐在角落的明麗站起來。

他的朋友叫小周。短髮像剛除過草、被雨淋溼的草地。明麗說：「你看起來好像還在當兵。」

「別被他外表騙了，他老到可以當總司令。」

「沒錯！」小周對明麗說，「我大你一輪！」

哎喲，阿成，你怎麼把我的年紀告訴了他！

三人坐下，阿成刻意讓明麗和小周面對面。

「剛才這樣說不會失禮吧？阿成應該有告訴你我幾歲吧？」小周說。

「沒有。他只說你很有型。」

小周皺眉，「哪個部分？腳底嗎？」

服務生來點菜，明麗和阿成很快決定，小周猶豫不決。

「這個麵是無麩質的嗎？」小周問服務生。

服務生茫然。

「麩質，就是小麥中的蛋白質。我過敏。」

服務生向明麗求救。

「嗯……應該是一種過敏原吧……」明麗傻笑。她懂「膚質」，不懂「麩質」。

「沒關係，」小周笑笑，「那我點飯好了。」

「我們是不是見過？」小周問明麗，「在阿成的婚禮？」

「好像沒有……當天人太多了。」

「可能有一半是阿成的前女友！」小周笑，「所以阿成老婆最後得說：『謝謝所有前女友，讓阿成變成更好的男人』——」

「別糗我了！」阿成打斷。

「阿成嫂真幽默。」明麗笑。

菜上來，只有小周拿起手機拍。明麗好奇這個看起來很美味的中年男子，為什麼未婚。

「你一直在科技業？」她旁敲側擊。

「沒有，我本來做金融。」

「怎麼會轉行？」

「金融業太無聊了！」

「明麗就在金融業。」阿成幸災樂禍。

「對對對，我也覺得金融業超無聊的。」明麗附和。

「所以做了幾年後出國念書，念完就轉行了。但轉行後發現，科技業也不太有趣。」

「任何工作做久了都不有趣，」阿成說，「我在賭場上過班，夠有趣了吧？一個月後我就受不了！」

「因為日夜顛倒？」

「因為重複。」阿成說，「我在那認識了一些電影明星，他們也說，工作只有走紅地毯時有趣。」

小周說：「真的！我有幾位朋友在演電影，大部分時間，他們做的事跟我們一樣枯燥，一個鏡頭拍五十次。還不能像我們朝九晚五，在辦公大樓吹冷氣。」

「認識那麼多明星，怎麼還單身？」明麗問。

「認識明星，跟單身，有什麼關係？」

「身旁如果有這麼多美女，應該很容易找到對象吧？」

「這麼說的話，演藝界的人應該都已婚了喔？」

明麗笑。

小周反問，「金融業條件好的男人很多，那你為什麼還單身？」

「她也是『一個鏡頭拍五十次』，太挑了。」阿成說。

明麗搖頭，「太挑兩個字，簡化了。就像女人說ＮＯ，男人就說她ㄍㄧㄥ。」

小周點頭，「其實我們只是沒遇到合適的人。」

明麗附和，「但合適這東西很狡猾，一眼、一時都看不出來。有時遇到，卻不知道。」

「聽起來你遇到過？」小周逼視明麗的眼，明麗回看著他。

四目相對被阿成打斷。「我遇到過，而且還娶了她。」阿成說，「你們要有心裡準備，合適的人就像在金融業上班，通常很無趣。」

「這麼悲觀？」小周說。

「而且也是『重複』的。」阿成說，「但合適的人也像金融業一樣，會付你好的薪水，給你舒適的環境，很穩定。」

明麗問小周：「你『合適』的標準是什麼？」

「其實也沒什麼標準，在一起自在就好。」

「這才是最高的標準！其他條件都還容易，因為可以量化。自在……就完全是自由心證了。」

「不好嗎？」
「沒有不好。所以我說合適很狡猾。因為不同階段、不同時段、甚至星期一和星期五，你對自在的感覺都不一樣。」
「我現在還滿自在的。」小周說。
「怎樣的人會讓你自在？」明麗問。
「柔軟一點的人。我過去的對象都太強勢了。」
「柔軟的女人很多啊！」明麗說。
「你幫我介紹？」小周說。
阿成放下水杯，差點嗆到。
這不是他想要的結果。急忙問：「你對柔軟的定義是什麼？」
「不要像刺蝟一樣，隨時準備發動攻擊。」
「怎麼不早說？」阿成用玩笑來化解尷尬，「明麗可以參加海軍陸戰隊！」
「真的！我早上起來頭髮都跟刺蝟一樣。」明麗嚇他。
「要不要我送你一罐潤絲精？」小周問。
「一般的沒效，要工業用的。」
小周笑了出來。
「既然標準是柔軟，為什麼過去的對象都強勢呢？」
「追她們的時候她們都很溫柔，交往後才變強勢的。」
「對象會改變，跟當事人本身也有關。」

「沒錯，也許交往後她們發現我外強中乾，就開始變強勢了。」
明麗聽出他可以開玩笑，便說：「那我先說喔，我很強勢，沒事不要追我！」
「好，我會自制。」
小周拿起湯匙，吃了一口無麩質的燉飯，慢慢咀嚼。
明麗捲起有麩質的麵，慢慢放入口中。
他們沒有說話，但各自的刀叉鏗鏘地響，像是在繼續討論著彼此是否合適。

3

走出餐廳，下著雨，典型一月的台北。
「要不要去喝點東西？」阿成號召，「我知道附近有一家很好的咖啡廳。」
「好啊！」明麗響應。
小周看了錶，搖搖頭：「我也想喝，但你們去吧，我待會還要洗牙。」
「蛤？」阿成反應。
明麗面不改色，但心裡也噗哧大笑。
「洗牙。」
「牙哪一天不能洗？」阿成抗議。
小周說：「這醫生很難約，約了很久才約到今天下午。」
「洗牙有什麼難的，我幫你洗！」阿成戲劇性地抓住小周的肩膀，伸手抓他的牙，「我還順便幫你刮鬍子。」

「我不要刮鬍子！」小周擺脫。

「我從來不洗牙，也沒事。」阿成說。

「你口腔細菌很多，只是你不知道。」

明麗看得出小周不想去，反而鬆了一口氣。她索性跟著胡鬧，「聽說舌吻可以消除口腔的細菌。」

阿成看了明麗一眼，立刻配合，「那是嚼口香糖吧？」

「有這種說法？」小周笑，「我待會問問牙醫。」

明麗繼續扯，「聽說法國航空發明了一種口香糖，起飛和降落時嚼，耳朵就不會不舒服。」

「這我倒吃過。」小周說，「法航的休息室都有，還有烤布蕾的口味。」

「哇……好想吃。」明麗說。

「下次幫你拿一條。」

「那交換一下LINE吧！」阿成看大勢已去，只好做結。

走到停車場，小周說：「要不要我送你們？」

「不用了！我們散散步！」

小周用遙控器打開車門。

「這車很適合你今天的造型。」明麗用手比劃了一下，像是攝影師要拍他。

小周繞到駕駛座門外，「找到適合自己的很重要。」

「座椅一定很『柔軟』吧？」

「還是『硬』了一點。」

小周打開門，低下頭，然後想起什麼似的，慢條斯理地說：「很高興認識你，明麗，我們再聯絡！」

「嗯，再聯絡！」

4

小周開走，濺起雨地的積水。

明麗揮手，濺起甜美的笑容。

她的嘴型如此柔軟，像一條沒有麩質的義大利麵。

「你為什麼覺得那車適合他？」阿成問。

「那是賓士。適合他，適合我，適合你，適合所有的人。只是我們不適合賓士。」

「不適合我！我剛才坐他的車來，座椅真的很硬。」

兩人走出巷弄，走向大街。

「如何？」阿成問。

「很棒啊！還重視口腔保健，真是無懈可擊了。」明麗說，「但他對我沒興趣。」

阿成試圖安慰，「不知為什麼，當他說要去洗牙時，我突然覺得他是同志。」

「哈哈，別這麼說。如果對我沒興趣的都是同志，那麼……『同志仍須努力』了！」

「這什麼邏輯？」

「我倒是第一次聽到洗牙這種藉口。」

「搞不好他真的是去洗牙。有些人很重視洗牙。我老婆每隔六個月又六天，一定去洗牙。」

「為什麼是六個月又六天？」

「因為她六個月提醒自己一次，但那個牙醫很忙，預約要等六天。」

「那為什麼不五個月又24天就提醒自己一次？」

阿成的臉一片空白。

「你看，我老婆就沒有你這麼聰明！」阿成說，「但太聰明，會給男人壓力。」

「會不『柔軟』？」

「不『柔軟』。」

「你老婆會給你壓力？」

「我老婆不會。」

「那才是真正的聰明！」

「不過我結婚兩年了，可能對壓力也適應了。小周我就不知道了。他在美國打天下，應該是那種自視甚高、希望女人配合他的人。」

「自視甚高的人對我沒興趣，我自尊心要變低了。」

「套句他剛才說的，不是因為你不好，只是因為你們不適合。」

「所以強的男人，不挑強的女人？」

「好像是。」

明麗搖頭。

「別太難過。這不是你的問題，是男人的問題。」

「我搖頭是因為，其實我是弱女子啊！」

「但他來不及看到你那一面。」阿成說，「你下次要不要改變策略，把脆弱的那面先表現出來？」

「那樣他會說，」明麗模仿小周口氣，「其實我也沒什麼標準。我想找一個『獨立』一點的女人。我過去的對象都太『黏人』了。」明麗笑，「總之，怎麼做都不對。」

「真慶幸我結婚了。」

「你應該慶幸你不是女人。」

「但就算你是男人，也會碰到同樣的問題。你如果很強，女人覺得你大男人。你如果很溫柔，女人覺得你沒男子氣概。」

「是啊，男人也不好當！」

「同樣的特質，就看對方怎麼詮釋。喜歡你的，通通是優點。不喜歡你的，所有優點都可以挑惕。我以前留鬍子，我老婆覺得我很MAN。現在我兩天不刮，她覺得我很髒。」

「情人眼裡出西施？」

「所以小周有大智慧！」阿成總結，「到頭來，就看彼此合不合適。合適的人，會對你各方面，都有善意的詮釋。」

「但大智慧的人話都只說一半。」明麗說，「怎麼知道找到了合適的人呢？」

「大師沒指點，可能是留在下次見面。他不是特別說：再聯絡嗎？」

明麗笑了，「我知道『再聯絡』的意思。我對別人說過。」

5

是啊，那些被明麗「再聯絡」的男人，不會相信她到35歲還單身。

明麗從小活潑，會講話，討人喜歡。高中時當樂隊，她打鼓，下課後常有男生在學校門口等她。

「我們去美術館好不好？」男生問。

「不是要逛書店？」

「美術館有特展。」

他們坐公車，一路晃到中山北路的美術館看素描展。她對美術沒興趣，但捨命陪君子。走了一小時，忍不住打哈欠。

「你沒興趣？」

「喔，沒有，沒有。不好意思，天氣變了，我過敏。」

「過敏會打哈欠？」

回來後他跟她要生活照。她站在教室外走廊的窗前，請同學幫她拍了一張。

一個禮拜後，男生畫出一張一模一樣素描。背面寫：

「**你的照片我留下來了，你的笑容像觀音。**」

但她沒有顯靈。上大學後，明麗在台北，男生去了南部，他們就淡了。

但那張素描，她一直留著。

窈窕淑女，君子和小人都好逑。大學時碰到幾個花心男，她很機靈地閃過子彈：不好意思，我今天頭痛、我拉肚子、我媽媽住院……

快遞送了一籃水果到她家，上面附了一張慰問卡給她媽媽。她媽哭笑不得：「為什麼你不喜歡人家，我要住院？」

有一次，明麗的媽媽真的住院了。她感覺這是報應，再也不敢用這藉口。

「週末去看電影？」追過她室友的男生來約她。

「對不起，我『鄰居的媽媽』住院了。我要幫他們看小孩。」

是命運還是選擇？彼此都有好感的，都不長久。原因很多：她太忙，或他太忙。他太愛她，或她不愛他。

在一起的原因只有一個，分手的理由卻很多。

畢業後她進了大公司，一步一步往上爬。

工作表現地越好，追求的人越少。

工作表現地越好，約會的時間越少。

工作表現地越好，她對男人的需求也越小。

工作表現地越好，男人對她的要求也越高。

有一陣子，她每天加班到十一點，自然無法約會。一個男的猛追。

「不好意思，我星期五要加班。」

「星期五還加班？」

「很扯吧！錢這麼少，事這麼多。」

「沒關係，我們晚一點吃。我等你。」

「可是我要搞到十一點。」

「搞那麼晚，同事也不在了吧。週末在家做不是一樣？」

「大家都走了，我工作效率更好。」

「你負責吸地毯嗎？為什麼大家走了你的工作效率更好？」

她不負責吸地毯，也沒有地毯式地找對象。30歲前，認真的男友只有兩個。一個交往了一年，跟她求婚。她覺得太快，男生不願等，分了。

另一個她準備好想嫁，但對方還想衝事業，也分了。

結婚的條件不是愛情，而是時機。

而時機對的人，口味不太一樣。

「不好意思，」男生約她晚餐，她回覆，「我星期六要健檢，這幾天要控制飲食，只能吃白吐司。」

第二天，那男生快遞一包白吐司到公司給明麗。卡片上寫著：

「怕外面的吐司加了些有的沒的，我自己做了一條。」

她很感動，傳給他三個流淚的符號。

但吃了一口，吐了出來。

他真的沒加有的沒的。他什麼都沒加！

她把吐司放在公司茶水間，請同事吃，沒人碰。

那天好友春芸從高雄上來辦事，下班後來公司找她，吃了一片吐司，勉強下嚥。

「不像吐司，像土。」春芸灌了一口開水，「但精神可嘉，跟他見個面吧！」

明麗微笑。

春芸看得出她的意思，「為什麼連試都不試？」

「就沒感覺囉……」明麗說。

「你寧願回家一個人，吃冷凍庫的東西，也不願吃剛出爐的吐司？」

明麗點頭，「吃冷凍庫的東西，沒有牽扯。」

「誰說的？好的冷凍披薩微波後還是會拉絲喔！」

春芸當然不是在評論美食，於是補上重點，「沒有牽扯，就沒有愛。」

「有牽扯的愛，結果都很慘。我和身邊的朋友，都有經驗。」

「你們是愛上自己？還是對方？」

明麗笑了，她分得出兩者的差別，於是說：「一樣慘。只不過一種是慘在當下，另一種是慘在未來。」

「那你怕的是哪一種？」

「明麗，聽說你做了吐司麵包給大家吃？」一位男同事走進茶水間，打斷了這場對決。

她們相視而笑，離開茶水間。把這問題留給麵團，繼續發酵……

6

明麗會聽好友的話。

健檢後，她請吐司男吃飯，謝謝他的麵包。

「上次的白吐司好吃嗎？」一見面他問。

「ㄜ……很好啊！」

「就知道你喜歡，」他為自己拍拍手，「所以這次我帶了這個！」

他從背包裡拿出一袋……

饅頭！

「也是我自己做的！」

他把塑膠袋提到肩膀的高度，彷彿是敵人的首級。

明麗目視，大概有十幾個吧。透明塑膠袋內都是水氣，顯然在饅頭還熱時就放了進去。

「哇……謝謝。」明麗努力想伸出手接下，手卻不聽使喚，「這……這我怎麼吃得完？」

「沒關係，分給你爸媽。」

「可是……他們比較喜歡吃燒餅油條耶。」

「沒問題，那我下次做燒餅油條！」

「喔，不用了！不用了！」

「你怎麼學會做饅頭的？」明麗找話題。

「沒辦法，要吃早餐啊！」

「早餐不一定要吃饅頭啊？」

「唉，你很不知民間疾苦耶！其他早餐都很貴，只有饅頭最便宜。」

「不差這幾塊錢吧？」

「能省則省囉！」

他們的對話像麵團，推起來很吃力。

她的後腳跟，從高跟鞋裡抬起來、又放下去、抬起來、又放下去……

無意識中，腳跟磨破了。

「不好意思，我去洗手間一下。」

她拿著包包，找出OK繃，貼上。

以後下班後，別穿高跟鞋了。

明麗堅持買單，她真心希望他把錢省下吃比較好的早餐。

「還讓你請客，不好意思。」

「你想法過時囉！誰說吃飯一定要男生請客？」

像提著燈籠，明麗拿著一大袋饅頭離開餐廳，「我去前面坐捷運，你呢？」

「你要回家啦？時間還早啊！」

「今天要回家倒垃圾。」

「倒垃圾？」

她一邊走向捷運站，一邊問他：「你都怎麼倒垃圾？」

「放在大樓的樓梯間。」

「你命真好！我住老公寓，沒有人來收垃圾，得趕台北市的垃圾車。」

「不能明天倒嗎？」

「明天就不能回收瓶罐了啊！」

「什麼意思？」

「唉，你很不知民間疾苦耶！」她模仿他的口氣，「不是每樣東西，每天都可以倒。台北市政府規定，某些東西，只能在某幾天回收。比如說瓶罐是星期二、四、六、報紙是星期一、五。」

「喔……」這對男子來說是全新領域，「你還訂報紙？」

「我沒訂。但我有瓶罐。」

「瓶罐晚幾天回收無所謂吧，又沒有味道。」

「堆在那邊很礙眼。」

「這樣啊……」他拿出揉麵團的勁道說，「沒關係，我送你回家，把你的瓶罐拿回我家丟。」

「哎喲……」明麗沒料到這招，她接住，「那我的祕密不都被你知道了！」

「瓶罐裡會有什麼祕密？」

「我酗酒的酒瓶啦，皮膚病的藥膏啦……」

這些話沒嚇跑饅頭男，他還是天天傳訊息。她只好祭出女生都會用的藉口。

「謝謝你對我這麼好，但我現在不想談戀愛。」

「沒關係，我可以等你。」

「其實……我已經有男朋友了！」

「沒關係，我還是可以等你，或是等他。」

「你等他幹嘛？」

「也許有一天，他……」

他怎麼樣？變心了？出意外了？

就這樣，20歲後期，她哭笑不得，跟很多男人擦肩而過。「飯友」很多，「朋友」很少。LINE「好友」很多，線下的「好友」很少。

在她上下班的窄小生活圈，男人像台灣的四季，雖然溫度不同，但天氣都差不多。

她想擺脫「亞熱帶氣候」，遇到「地中海氣候」或「大陸型氣候」的人，卻不知如何改變。

她想把30歲前的自己，像瓶罐一樣回收，開始新生活，卻不知應該在星期一、五或二、四、六。

她完全遵守公司SOP，把每件事情做好。但感情，沒有SOP。

她擔心，但不著急。30歲畢竟還年輕，女性朋友都還沒嫁，而身邊似乎還有很多單身男子。

然後情勢變了。

7

30歲後少數認真的關係，是跟阿成。

她在32歲那年認識阿成。阿成是不同樓層的同事，小她兩歲。她從沒想過跟同事交往，更別說比她小的。但阿成追求的方式，讓她動心。

「明天一起吃早餐。」那不是邀請，是命令。

「哪有人約會吃早餐啊？」明麗抗議。

「我不是人嗎？」

「吃什麼？」

「大腸麵線好不好？」

阿成跟之前追她的男人都不一樣。他沒車、沒房、沒像樣的西裝，只有一臉延伸到日本的鬍渣。

「我不是人嗎？」

他不是人，他是野人，不小心被丟到辦公大樓放生。

他們第一次出國，是到日本新潟縣苗場參加「富士音樂祭」。三天的音樂會很high，從早到晚站在舞台下搖擺，間奏時看著彼此，他突然問：「你為什麼留短髮？」

「什麼？」她聽不到。

「你為什麼留短髮？」

「好整理啊！」她邊搖邊叫。

「你應該留長。你的臉型留長很好看。」

他拿起手機，自拍兩個人。

「等你留長後我們再自拍一張，你比較一下就知道。」

「那也要我留長後我們還在一起——」

然後他就吻她了。

她墊起腳，把他抓得很緊。

「你留長後，我們當然還在一起。」阿成說，「你長髮變白後，我們還是在一起。」

是這句話？還是舞台上的那首突然節奏加快的歌？讓她開始狂吻他。好像他們是ＭＶ中的男女主角，而ＭＶ中下著大雨。他的鬍渣是乾旱的土壤，她的吻是大雨，淹沒了土壤，讓荒地中開出了花。

吻完後，阿成竟無厘頭地說：「聽說舌吻可以消除口腔的細菌。」

「那是嚼口香糖吧。」明麗故意岔開話題。

「你有口香糖嗎？」

「現在沒有。」明麗再把阿成抱過來，「我嘴巴裡的細菌最多了！」

那個吻，比台上那首歌還長……

下一首歌，下一個遊戲。鼓聲響起時，阿成說：「我背好癢，幫我抓。」

「什麼東西啊？」

「抓背啊？不會嗎？」

她用兩手幫他抓。

「伸進去抓！」他命令。

她的雙手伸進他的T-shirt，隨著台上樂手的節奏上下移動，雙腳跟著跳。

他露出滿足的表情，不斷點頭，不知是在讚許台上的貝斯手，還是背上抓癢的手……

「不過癮，用力一點！」

她加強手腕的力量。那一刻，她又變回高中樂隊打鼓的明麗。

一回到東京，背景沒音樂，兩人就吵架了。

兩個人個性都強，光是為了坐哪一班公車回飯店，就可以鬧僵。

一個說坐這班，一個說坐那班。兩班車都來了，但兩人都不願意跟對方上去。

其實兩班車都可以上，只是沒有一班有台階讓他們下。

杵在人行道，相隔五公尺。明麗看著路面上的警告標語：「合流注意」。

這是在警告什麼？

阿成堅持的那班又來了。

「我要上了。」他上了車，她站在原地不動。

車門關上前，阿成跑下車來，眾目睽睽下用中文大罵：「你耍什麼脾氣啊？你以為這是在台灣啊？趕快上來啊！」

她沒有聽過這麼大聲的怒吼。明明是七月，她卻全身發冷，像在高速公路上剛閃過一輛迎面衝來的車。

阿成用手擋住車門，司機用日文叫他離開，滿車日本乘客看著他們。

然後阿成用力扯她的左手腕，把她拉上車。

那個白天幫阿成抓癢的左手腕，和那個清晨在大腸麵線攤子上湧現的某種感覺，在那一刻瘀青了。

回到旅館，似乎是為了補償，他們激烈地做愛。

身體的自棄，和心理的恐懼，夾攻她。她被壓到床邊，左手腕懸空，和其他部位同時痛到在震動。

她閉著眼睛，眼淚卻被擠了出來，從床邊流到地毯、流向衣櫥、流進衣櫥的保險箱……

保險箱的門開著，裡面有東西嗎？我的護照，我的身份，還在裡面嗎？

阿成看到她的淚水，努力地吻乾，像止血一樣用力，「我愛你……我愛你……」他用氣音不停地說。

他的鬍渣，變成鋸齒。

第二天醒來，阿成早已叫了客房服務，早餐擺在推車上。

「哇！好棒！」明麗也想和好，「我從來沒吃過客房服務耶！」

「這個要特別解釋一下。」阿成打開一盒像糖一樣的粉末。

「是糖？」

「麵粉。」

「為什麼有麵粉？」

「我跟他們要花，他們送來麵粉。」

明麗大笑，像窗外的陽光一樣明亮。他們又回到了Fuji Rock的搖滾區。

「試著想像，這邊有一朵玫瑰。」

他們平靜地在那罐麵粉前吃了一頓早餐。像盤中的荷包蛋，她始終保持著笑容。

回台上班，她換穿長袖，遮住左手腕。

「大熱天怎麼穿長袖？」同事問。

「生理期，有點冷。」

阿成出了事。他在會議上對著主管說：「你白痴啊你！」

私底下，他成為英雄。公文中，他被炒了。

他消失了好幾天。她傳訊息給他，他都沒回。打過去，也關機。她擔心他出事，跑到他家去按電鈴，沒人接。信箱口塞滿了廣告信，她幫他拿出來。

一個禮拜後，他在公司大樓門口等她，在車水馬龍的噪音中說：「這些人不值得你賣命，跟我一起去新加坡。」

「去新加坡幹什麼？」

「那邊有更好的工作機會，薪水是台灣的兩倍。」

「什麼機會？」

「一間賭場。」

她沒有答應。她不是那種為了男人立刻搬到新加坡的女人。

這一回他沒有拉她。

在演唱會的搖滾區，他們是金童玉女。在辦公室前的人行道，他們變成甲乙丙丁。

他們沒有撐到，她頭髮留長的時候。

8

他沒有拉她，她也沒有拉他。

她知道自己想法多，需要一個願意給空間的男人。阿成不是。

但有這種男人嗎？

阿成之後，她遇到一位會計師。離婚了，個性很好，約會的時間、內容都問明麗意見。

「挑一家你喜歡的餐廳吧！」他發簡訊。

她喜歡吃大腸麵線，但知道不適合會計師。她想不出其他選擇，過了兩天還沒回。

「這不是最後的晚餐，不用這麼慎重。」他說。

「對吃我真的是外行，你決定吧。」

會計師在明麗辦公室附近訂了一家餐廳。那餐吃得很輕鬆，直到上提拉米蘇時。

「我有一個孩子，我想約你跟他見面。」他說。

她停下切提拉米蘇的叉子，把已經滑進喉嚨的那口嚥下。

30歲前，她會因此而放下叉子。

現在，她把提拉米蘇吃完。

她答應跟他們父子週末下午一起去公園玩。孩子三歲多了，不斷把帶來的玩具丟向遠方。明麗和會計師像兩隻狗，忙著撿主人丟出去的球。

「豁，他精力充沛！」明麗擦著額頭上的汗。

「一定是看到你太high了！」會計師說。

「噢！」明麗匆忙補妝時，孩子把玩具丟到她頭上。

「不可以！」爸爸訓斥，孩子大笑。

「你在幹什麼啊？」孩子問。

「我在臉上『畫圖』啊！」明麗說。

旁邊有別的家庭在玩球，球意外滾到明麗身邊。明麗拿起那顆大球，在手上拋來拋去，「弟弟、弟弟，你看、你看，好漂亮的球球！」

沒想到弟弟突然大哭，「那是我的球！那是我的球！」

他哭了半小時。

明麗跟球的主人商量，想用一千塊買他的球，對方不賣。

「不好意思，小朋友就是這樣……」會計師抱歉。

「不會、不會，我小時候比他還兇。」

一語成讖，那個提拉米蘇之夜，變成他們「最後的晚餐」。

而時間也像一顆球，意外滾到身邊，又意外滾走。你想買，也沒有人賣。

然後明麗就35歲了。

9

她維持單身的意志第一次動搖，就在那年。

她幫一位朋友過生日，兩個人約在西餐廳。她先到，坐下。然後朋友打來說家裡臨時有事不能來了。

既然來了，還是吃吧。

「小姐今天改成一位？」服務生問。

明麗點頭。

然後服務生鏗鏗鏘鏘地，把另一個人的刀叉酒杯收走。

幾秒鐘後，桌子另一邊就一片淨空。她感覺，自己被剃了光頭。

桌巾白得閃亮，甚至刺眼。鄰桌成雙成對的客人，聊天的音量越來越大……

她拿起手機，想逃入螢幕中。

但沒人傳訊息給她。臉書上的動態，都是半生不熟的朋友的炫耀文。

她放下手機。鄰桌情侶爆笑。

「不好意思，我臨時有事，不能留下來吃了！」她拿起包包，落荒而逃。

明麗只是動搖，但她媽卻開始全方位地恐慌。

她動員了所有阿姨嬸嬸，積極幫女兒物色對象。

她把明麗看起來最年輕的一張照片放在手機桌面，並傳給群組中每一位親友。他們以公民運動的規格搶救明麗，彷彿她是一片不能被開發的山林，或不能被拆的古蹟。

「哎呀，我一個人很好啦！」週末回家吃飯，明麗先是用俏皮的口吻抵抗。

「好什麼？我看你越來越瘦。」媽媽說。
「我自己賺錢，自己花，不用照顧任何人。很自在啊。」
「自在什麼？女孩子年紀到了就是要結婚。」
「齁……你這樣講有性別歧視喔。」
「我有什麼性別歧視？男孩子年紀到了也要結婚。你弟不就結了。你看他現在多好！」
明麗被刺了，但忍住不叫痛。
「我很多朋友結了婚，都不快樂。老公偷吃、小孩不聽話、沒有自己的時間，麻煩很多啦！」
「你怎麼都舉這麼極端的例子？你弟不就很好？」
「你怎麼知道他們很好？搞不好他們有自己的問題。」
「不要亂說！他們有房、有車、有小孩，有什麼問題？」
有房！有車！有小孩！三個巴掌，一個接一個，打在明麗臉上。俏皮的興緻，全被打趴。
「上次要介紹給你認識的那位先生，下個月又要回台灣了，你這次不要再逃了。」
「哎喲，媽，我自己會認識人啦。」
「自己認識就快啊！你這樣下去，將來誰照顧你？告訴你喔，我們可不會照顧你一輩子！」
「你們現在也沒有照顧我啊！」
「那是因為你現在還年輕，不用照顧！過幾年呢？」
「喔……所以我還年輕？那你們急什麼？」
「你還年輕啊？人家楊媽媽的女兒，小孩都十歲了。」
「你們不要老講她。她是她，我是我。」

「什麼她是她，你是你，你又不是在深山隱居！楊媽媽每次見到我都會問你，還說要幫你介紹。」

「媽，每個人都說要幫我介紹，大部分只是隨便說說，你不要當真。」

「我當然當真，你是我女兒耶！不結婚，一個人住在外面，我怎麼能不當真？」

明麗站起來整理碗盤，把桌面上的衛生紙抓在一起，蹲下來，夾起地上的菜渣。

不能再講了，再講下去要吵架了。

「好……她是她，你是你……反正我們老了，沒有用了，講什麼你都聽不進去……」

「你這樣講幹嘛？」她還是忍不住爆出來。

「那要怎麼講？隨便你啦，反正我們再活也沒幾年……」

明麗走進廚房，把垃圾桶的蓋子踩起來，把衛生紙丟進去。

她想把自己也丟進去。

一個月後，同樣的對話又重複一遍。只不過這次，壓力具體了。

「這男人不錯，事業很成功，從來沒結過婚。他昨天回到台灣，待一個禮拜，想約你星期天下午見面。」

去吧，別再讓媽講那麼難聽的話……

「年紀多大？」明麗問。

「快五十歲了。但他從來沒結過婚喔！」媽媽強調，好像這是一個天大的優點。

「我不介意結過婚的，有時結過婚的男人，比沒結過的成熟。」

「不要自貶身價，你還不需要遷就。」

「這怎麼是自貶身價？」明麗說，「而且，他五十歲卻從來沒結過婚，不是很奇怪嗎？」

「人家忙於事業啊！所以現在這麼成功！」

媽媽秀出手機桌面的明麗美照，「給他看這張好不好？」

「幹嘛？」

「他跟我們要照片。」

「你好像在賣女兒喔！」

「怎麼這樣講？你長得不差，怕什麼？」

「那他的照片呢？」

「我們給了人家之後，人家自然會給我們。」

「這是在交換人質嗎？」

「不要幼稚！誰先誰後有什麼關係？」

「這禮拜特別忙，下禮拜好不好？」明麗垂死掙扎。

「他只待這個禮拜，辦完事就走。」

「好像購物中心在招商喔。」

「亂講話！」媽媽作勢打她，「你喔，就是嘴巴壞。跟人家見面時，不要耍嘴皮子。多聽、多學！」

明麗答應去多聽、多學。

幾天後，收到男方的照片。什麼東西啊？滑雪場拍的，全副武裝，什麼都看不出來。

男子傳 LINE 給她：「**我們約在ＡＣＣ好不好？**」

她上網查ACC，是「氨基環丙烷羧酸」的縮寫。

「ACC是什麼？」明麗問他。

「美國俱樂部，在大直北安路。禮拜天下午三點四十五好嗎？」

三點四十五？

她在劍潭捷運站下，走到美國俱樂部，遲到了15分鐘。

那男子正在跟另外兩個年輕男子講話，看她來了就把他們支開：「那就這樣，明天到公司再談。」

「嗨，是明麗嗎？」他立刻改變口氣，伸出手來握，「How are you doing？」

「嗨，你好。」明麗跟他握手。

「你……」他打量著她，「你跟照片上不太像耶。」

明麗尷尬，笑說，「現在美膚軟體很強。」

「先點東西吧。你想喝什麼？」

明麗點了咖啡，正式道歉，「不好意思我遲到了。我沒來過這裡，沒想到離捷運站有點距離。」

「你沒來過ACC，怎麼可能？」

我又不是美國人，幹嘛來過美國俱樂部！

但明麗想起多聽多學的使命，謙卑地說：「不好意思、不好意思……」

「沒關係，反正我們剛才也在開會。」男子把手上的公文闔起，正式進入下一個議程，「我在臉書上找不到你！你是用『Ming Li』嗎？」

「我是用中文名字『陳明麗』。」

從臉書帳號開始，男子連續問了十幾個問題：「你念哪所大學？」、「你在公司負責什麼業務？」、「你老闆是誰？」、「你有固定運動的習慣嗎？」、「你有沒有養寵物？」……

你要不要問我最近有沒有去過禽流感的疫區？

但他最後問的是：「你為什麼還沒結婚？」

「單身沒什麼不好啊！」明麗給出標準答案，「很自由，有時間追求自己的興趣。」

「你是喜歡自由的那種女生？」

「有女生喜歡被奴隸嗎？」

「NO，NO，NO……我是說，自由對你很重要！」

「當然啊！自由對你也很重要吧。像你就可以去滑雪啊，你在滑雪場拍的那張很帥喔！」

「我剛去北海道的二世谷滑雪，你喜歡滑雪嗎？」

明麗搖搖頭，突然提高音調，「但我喜歡吃思樂冰！你喜歡嗎？」

「我不喝冰的。」

美國俱樂部，變成二世谷。氣溫低、雪薄。站在起點，他們卻滑不下去。

然後他接了三次電話。

「不好意思，這通我得接。」他站起來，走到窗口，背對她。

明麗開始打量周遭的環境，她好想吃思樂冰。

「不好意思，今天事特別多。」他回來坐下。

「沒關係，你忙吧。時間也差不多了，我待會還有事。」

「我送你。」他立刻說。
「謝謝，不用了。」
「沒關係，我也要走。」
他們走到停車場。
「前面那台Lexus。」他指。
「前面有好幾台Lexus。」明麗說。
「那台ＬＳ。」
明麗走到一台Lexus旁邊。
「這是ＥＳ。我的車是那台ＬＳ。」
「你那輛比較大耶！」明麗說，「所以，汽車跟T-shirt一樣，Ｌ代表大號嗎？」
他沒有笑。
「你家在哪？」
「沒關係，就送我去捷運站吧。」
到捷運站短短的3分鐘，明麗深躺進Lexus LS的皮椅。
「你喜歡滑雪，為什麼不吃冰呢？」她問。
「就像我喜歡泡湯，但不一定喝茶啊！」
明麗睜開眼睛，這是他們的對話第一次有了交集。
但劍潭站已經到了。
晚上，她回媽媽家結案。

媽媽打開門看到她，整個人肩膀塌下來，長嘆一口氣。

「怎麼沒一起吃飯？」

「我們年紀差太多了，沒有話題。」

「什麼沒有話題？你不是什麼都能掰嗎？」

「你不是叫我不要耍嘴皮子嗎？」

「沒有話題就製造話題，人家事業那麼成功，跟人家多學一點。」

「我是找老『公』，又不是找老『師』。」

「夫妻就是亦師亦友啊！」

「你跟爸亦師亦友嗎？」

「你跟我們比？我們27歲就結婚了，你呢？」

「醫學進步了，現在的35歲等於你們那時候的27歲。」

「胡說八道！醫學進不進步不重要，你要進步！找對象不要只看缺點。人家事業那麼成功，一定有很多優點！」

「那些優點，讓他是好『老闆』，未必讓他是好『老公』喔！」

「那你要嫁個窮光蛋嗎？」

「中間還有很多其他選擇啦！」

10

明麗的確胡說。現在的35歲不等於那時代的27歲。

明麗也的確胡說。中間的選擇，正逐漸減少。

35歲後，明麗發現生活有了變化。

以前從星期二開始，週末的邀約就持續湧進。各種群組的活動，像101的煙火。

隨著身旁好友一個個結婚、生子、去上海，呼朋引伴的人少了，即時回覆的人也少了。

晚餐兜不起來了，下午茶勉強可以。

聚會時從訂包廂，到訂四人桌，最後被迫坐上吧台。

落單，過去不是問題，而是鬆一口氣。在趕行程的年紀，她珍惜一個人看電影，一個人吃晚餐，一個人做SPA，一個人旅行。

像一款高級耳機，一戴上，立刻過濾掉外界的噪音。

但當外界一片寂靜，這耳機就顯得累贅了。

一個人看電影？網路上看就好囉。

一個人吃晚餐？家裡隨便吃吃吧。

一個人做SPA？泡泡熱水澡也差不多。

一個人旅行？只去鄰近的香港。

她慢慢失去興致，去維持過去多年來努力營造及炫耀的生活品質。

難道這就是所謂的「初老」？

她開始認識這種感覺，像要摸熟一位新朋友。

這新朋友像黴菌，白天在她的食衣住行，夜裡在她的雜夢之間，悄悄蔓延。

孤單是小問題，反正別人看不出來。

大問題是，她的外表也起了變化。

「完了！」她跟南西求救，「你看我這斑越來越明顯！」

南西是大學同學。25歲結婚，一年後就離了。如果春芸是「日間部」的知己，南西就是「夜間部」。

「要不要去雷射？」

「有效嗎？」

「當然，你看，我就打過……」南西側過臉。

「看不出來耶！貴不貴？」

「我打了四萬多。」

「這麼貴！」

「不然你就得買很厚的粉底，買一輩子下來，絕對不只四萬。」

明麗沒去打。她很務實，目前還沒有對象會看到斑點。四萬塊買債券基金，還可以賺利息。但她也沒去買基金。臉上的斑，卻逐漸累積利息。

當斑點揭竿起義，其他問題紛紛響應。

過一陣子，她對自己的牙也不滿意，「我想去矯正牙齒。」

「陳明麗，你到底想不想交男朋友？」南西罵，「在這個節骨眼去矯正牙齒，戴兩年牙套，找到男人的機率高嗎？」

「幹嘛所有決定，都以找男人為前提？」

「你矯正牙齒，還不是為了更美？」

「我是為了健康。」

「少來！」

「如果男人只因為牙套就不要我，這種男人我也不要。」

「有志氣！等你戴上牙套後再講一遍！」

「話說回來，男人會嫌棄戴牙套的女人？」

「應該不是嫌棄，而是怕。」

「怕什麼？」

「愛愛的時候被牙套卡到。」南西說。

「哪裡會卡到？」明麗裝傻。

她們大笑。

很少男人，能讓她們笑得這麼開心……

11

明麗說的，和做的，有時差。

牙套？算了吧，礙手礙腳。

臉上的斑？沒關係，卸妝前看不出來。

新買的口紅還沒拆封，戰袍已開始冬眠。阿成介紹小周的午餐後，需要好好打扮的場合變少了。聯誼、聚餐、轟趴、相親，突然間都停擺。

「**最近有認識好貨嗎？**」

姊妹淘在群組中問，沒人在談戀愛。
難道經濟不景氣，讓愛情也蕭條了？
像打麻將，她有段時間沒「進張」了。
而她的「下家」，手上有更好的牌。
公司請一位名人來演講。男性名人單身，吸引很多女同事去聽，她跟同部門的Jenny一起去。
她不熟這名人，但因為他講得真的很好，結束後她也跟著其他女同事排隊，找他拍照。
她排在Jenny後面。Jenny 24歲，嘴巴的味道，聞起來像萊姆。更別說，幾乎不必化妝的肌膚。
Jenny在演講中問了問題，得到名人送的書。等待的隊伍中，她如數家珍地說著名人的八卦，明麗一件都沒聽過。
追星也是有代溝的，我只愛陳奕迅。
輪到Jenny，明麗在一公尺外看名人跟她親切握手。
Jenny說：「謝謝你送我書！」
名人說：「那你也要送我書喔！」
Jenny笑：「我沒寫書啊。」
名人掏出名片：「以後寫了寄給我一本。」
名人接下來問了Jenny很多問題：你叫什麼名字？你名字怎麼寫？你來公司多久了？在哪個部門？今天怎麼會來參加這個活動？
然後Jenny請明麗幫他們拍照。在鏡頭中，明麗看到名人的手，自然地搭上Jenny的肩。

「要把書寄給我喔！」名人叮囑，讓Jenny笑得更燦爛，萊姆擠成了果汁。

明麗把手機還給Jenny，輪到她了。

名人看了她一眼，微笑點頭，也禮貌地問你叫什麼名字，但就沒其他問題了。

Jenny幫他們拍照。拍完後，名人簡單地說「謝謝」，眼光轉到了下一位。

「謝謝」，是35歲面臨的挑戰。

二月

1

對單身的人，過年假期總是特別長。

單身的年假一成不變：睡得多，卻比上班還累。想除舊佈新，家裡卻比機場還亂。上床前，刷一遍臉書上大家出國玩的照片。醒來後，跟家人到不同餐廳暴飲暴食。每天都想振作，最後每天都過得很廢。

初二明麗出門逛街，坐上計程車，司機問：「今天是回娘家嗎？」

「對啊！」她配合。

「還沒小孩？」

「老公先帶回去了。」

過一個年，像熬過一週的期末考。

年後是明麗生日，南西號召了閨蜜，包括大學死黨，還有小學同學春芸。春芸住高雄，特別上來。

吹蠟燭時，大家逼問心願。明麗說：「第一個當然是加薪。」

大家拍手叫好，講中大家的心願。

「還想當女強人啊？」

「什麼女強人？只是在混口飯吃。」

「好無聊的願望！感情呢？」

「隨緣囉！」明麗祭出標準答案。

「『隨緣』」南西嗆：「就是『放棄』。」

「想結婚嗎？」

「這年頭結婚好難。」另一位已婚朋友插話，「好女生一堆，都單身！」

「是啊！同志都結婚了，我們還單身。」

「如果真想結，要積極一點。」已婚的春芸說。

「對，多去參加活動啊！」

「什麼活動？」明麗問。

「聽演講、上健身房、上EMBA、上廚藝課、學做手工麵包、養隻狗……都有幫助。」

「為什麼養狗有幫助？」

「因為台灣男人不敢跟女人搭訕。你遛著狗，可以成為男人跟你攀談的話題。『哇，你的狗好可愛喔！幾歲了？』」

「台灣男人如果不敢跟女人搭訕，一隻狗會讓他們更有勇氣？」明麗問。

「至少比要台灣男人直接跟你攀談來得容易。」

「也是，」明麗無奈點頭，「上次有男人跟我攀談，是問我善導寺是哪個出口。」

「那就是搭訕啦！善導寺是哪個出口他自己不會看嗎？問你就是想把你。」

「那是一位70歲的阿伯。」

「不要出餿主意啦。你知道養狗是多大的責任？照顧一個生命吃喝拉撒，只為了有一天遛牠時，一個男人會鼓起勇氣跟你聊狗？」

春芸說：「對，我也覺得不能養狗。」

「為什麼？」

「首先，有了狗，就有了伴，你就不認真去認識男人了。其次，男人跟狗不一樣。沒有男人會像狗那麼聽話，那麼配合。你如果習慣了狗，找到男人也會嫌棄。」

「不會啊，我倒覺得男人跟狗很像！」南西說。

「特別在床上！」

大家笑成一團。南西補一句：「如果一個女人能出去聽演講、上健身房、上EMBA，她的生活已經很充實了。哪還需要找男人？除了精子，男人可以給我們什麼，我們自己做不到的東西？」

「給你愛，給你陪伴，給你忠誠，像狗一樣。」春芸說。

「那是好男人。但好男人有多少呢？能持續多久呢？」

沒人敢回答，甚至是已婚的人。

「的確沒必要。特別到我們這年紀。」單身朋友說，「我讀到一篇報導，32歲以後結婚，每大一歲，離婚率增加5%。」

「什麼意思？」

「33歲結婚，離婚率比32歲結高5%。34歲結婚，離婚率比33歲結高5%。」

「這還得了，那我們……」

「再過幾年，還沒結婚就離婚了！」

爆笑。

「我也覺得女生沒必要結婚，」已婚多年的朋友說，「結婚對男人好處很多，對女人就不一定了！」

「同意！男人都期待你伺候他。我老公最近問我，為什麼不再幫他剝蝦。」

「你幫老公剝蝦？」

「剛結婚那幾年幫他剝。但有了孩子之後，照顧孩子吃飯都來不及了，哪有時間幫他剝？」

「這是技術問題。」明麗說：「你們家就改吃蝦仁，誰也不用幫誰剝。」

「沒用。我們會為誰該去腸泥而大吵一架。」

「剝就剝嘛，老公不就是另一個孩子？」

「對啊，他幫你剝衣服，你幫他剝蝦。」

「問題是，結婚不到兩年，他就不剝我衣服了啊！」

「真的！這年頭，要找一個吃蝦的男人都不容易。都是草食男，都吃素。」

「結婚沒那麼重要，但找個伴倒是真的。」春芸說。

「這年頭要找伴也不容易啊。」

「炮友比較容易。」南西說。

「要從認識的人下手啦，主動出擊很重要。」春芸說。

「你是說炮友還是伴？」

「都要！都要！」大家起鬨。

「我有一個朋友，有憂鬱症，有一晚覺得很孤單，看手機裡的通訊錄，打電話給一個很久沒有聯絡的女生。那女生來看他。後來他們開始交往。半年就結婚了。現在這男生好得不得了，什麼病都沒了！」

「應該是換他老婆得憂鬱症了吧！」南西再刺，姊妹們大笑。

大家七嘴八舌，單身、結婚、男人、女人……每個人都有意見，沒有人知道答案。

「別吵了，讓明麗許願吧。」春芸問：「第二個願望？」

她看著這群閨密，很感激她們。雖然她們只是用幫她出主意的方式，發洩各自的挫折。但聽了她們的困擾，明麗突然覺得自己沒那麼糟。

但她也知道，這樣的聚會一年只有一次，其他364天得靠自己。

於是她說：「第二個願望是，找到一個伴。但我不要相親、不要介紹。我要用自己的方法、自己的規則，最後成敗自己負責。」

一陣歡呼，甚至有人敲桌。

南西吐槽，「又在撂狠話了。」

明麗回嗆：「輸人不輸陣嘛！」

「第三個呢？」

燭光映在明麗臉上，把她的眼睛照得特別亮。這一刻，她看得很清楚。

蠟燭沒說，大家沒提，但她知道自己36了。

她吸飽氣，吹滅蠟燭。

她沒有說出口，但蠟燭滅時，她點燃的心願是：

「希望今年，是我單身的最後一年。」

2

這志向有魄力，生日趴會贏得掌聲。但曲終人散後，很容易半途而廢，回到「隨緣」。況且，所謂「自己的方法、自己的規則」，就像對仗的競選口號，令觀眾熱血沸騰，但說的人一點都不知道怎麼做。

還好有人監督。

「我先挺你，幫你介紹一個吧。」

「不要！我說過不要介紹。」明麗嘴硬。

「這可是我壓箱底的好貨……」南西滑過幾張照片。

明麗睜大眼，把手機搶過來自己滑，「騎單車喔！」

「你看這張，還打網球耶！」南西推銷。

「做什麼的？」

「工程師。」

「啊？」明麗悲嘆，「會不會很無聊？」

「你在銀行上班耶！還嫌！」

「先說，比我們小喔！」南西聲明。

「齁，我上次姊弟戀超慘的。」

「有傷痕？」

「我只留吻痕，不留傷痕。」

「話說得很滿喔！」

「既然重出江湖，就不怕皮肉傷。」
南西拿出手機，幫明麗拍照。
「幹嘛？」
「幫你記住你現在說的這句話。」
南西喬好兩人時間。那男子願意從新竹來台北，明麗堅持約在桃園。
我不需要他們配合我。就從桃園，我重新開始。
「神經病！」南西說，「那你們自己認識，我不去了。」
他們約在高鐵桃園站附近的餐廳。外面下著雨，一撐傘，臉就濺溼了。
「我這把傘比較大，你要不要用這把？」男生問。
明麗本以為他要跟她共撐一把傘，便收起了自己的折疊傘。
但他只是要跟她交換傘。
「喔，沒關係，我這一身都防水。」明麗說。
她走進餐廳，他遲遲沒有進來。她跑出去找他，發現他還站在門口。
「怎麼不進來？」
「我先把傘整理好！」
他把她隨意丟在傘架上的折疊傘拿起來，一葉一葉甩開、折好、闔起、把按鈕扣上。
「哇……你好細心。」
「職業病。」
如果你看到我的臥房還得了？

菜上得很慢，男生吃得更慢，讓習慣狼吞虎嚥的明麗看起來沒氣質。

「你細嚼慢嚥，習慣真好！」明麗讚美。

「這樣才能享受美味，也比較健康！」

「人家說吃一口要嚼20下，你真的有做到？」

「是30下。」他糾正。

西餐加上細嚼慢嚥，那一餐吃了三個小時。他喜歡運動，她只懂金融。交集的話題，比她灑的胡椒還少。

但她願意去探索聯集，並且努力在心中做筆記。像去祕魯這樣的國家觀光，馬雅文明她一無所知，只好多問嚮導問題。

他聊著全球最近的網球賽事，分析每位選手最近的狀況。

納達爾和費德勒我聽過，亞歷山大．澤瑞夫是誰？教練，講慢一點啊！

「喔，他很帥，台灣很多粉絲。」

「那我們朋友怎麼沒聽過？」明麗做球，「我們最注意帥哥了。從網球場到晶圓廠。」

他是網球高手，卻沒接這一球。

他謹守主題地繼續說：「那我傳澤瑞夫的連結給你。」

他傳，她立刻點，「哇，手長腳長耶！」

「198公分！」

不能再講澤瑞夫了，我接不下去。

「你知道費德勒替瑞信代言的活動嗎？」明麗試圖，把他們帶到交集。

「瑞信是什麼？」

「喔，瑞士信貸銀行。他們幫費德勒成立了一個基金會，資助馬拉威的兒童教育。」

「非洲的馬拉威？」

「一年１００萬美金。」

「你有連結嗎？傳給我。」

明麗傳，男生看了一下，沒有多說。

「你去過非洲嗎？」明麗問。

男生搖頭，「你去過？」

「我去過埃及。埃及人跟你一樣喜歡運動，只不過他們是划船。」

「我國中時划過龍舟，當過舵手。」

他接下，今晚的第一球。

「你划船嗎？」他反問。

「我在健身房划五分鐘就掛了。」她自嘲，「我參加樂隊，當鼓手。」

所以她知道，任何對話，都需要敲邊鼓的人。

「你看過《進擊的鼓手》嗎？」明麗問。

「跟《進擊的巨人》有關？」

「沒有，是一部講打鼓的電影。」

「音樂片？」

「很激烈，也算是運動片了！」

離開餐廳，走回高鐵站，明麗想買薄荷糖。

他們轉進便利商店，她挑了薄荷糖，他很快地幫她結帳。明麗想阻止，但來不及。

果然是運動健將！

店員找錢時，明麗看到他的皮夾裡，一千塊、五百塊、一百塊鈔票，整齊排列，像生產線上的晶圓。

他接過店員找的錢，硬是站在櫃台前，把五百塊和一百塊鈔票依序排好後，才離開櫃台。

「你這樣待會坐高鐵怎麼辦？」明麗問。

「什麼意思？」

「高鐵賣票機，找的零錢都是硬幣。」

「我知道高鐵的票價，我早就準備了，剛好的零錢。」

「為什麼不用悠遊卡？現在便利商店都可以刷悠遊卡。」

「我不喜歡被扣款。」

「為什麼？」

「我不知道他們會扣多少錢。我自己是設計系統的，我不相信他們的系統。」

回台北的高鐵上，明麗拿著手機，準備發球。

是的，我們是不同世界的人。我不知道進一步認識會被「扣多少錢」，但我相信系統，我願意冒險。

自己的方法。自己的規則。成敗自己負責。

她發了訊息：

「謝謝你告訴我很多網球的知識，我之前對這些一無所知。下一場重要賽事是哪一天？」
「不客氣，互相交流。」他回傳，「曼菲斯公開賽要開打了，這個你可以先看一下。」
明麗打開，是「ATP男子百大球員排行榜」。
回來後，雨停了。他沒有進一步聯絡。
每天看著那像蛋捲一樣平整的折疊傘，明麗發狠研究了網球。
「盧彥勳今天在曼菲斯上場了，你覺得他打得怎麼樣？」明麗又做一球。
「三次贏球機會都錯過了，輸得可惜。」
他只有這樣一句簡短講評。
她放下手機，鬆了一口氣。
我們傳了很多連結給彼此，卻沒有建立起連結。
明麗讀了那場球的分析，泰勒．費爾茲贏盧彥勳後說：
「贏得很辛苦。但我就是因為這些辛苦的片刻而打球。這些高壓的片刻，是我熱愛網球的原因。」
一週的雨停了，星期一，豔陽高照。她暢快地打開那把摺好的蛋捲傘，擋住紫外線。
沒關係，我這一身都防水。
我不是，他早已準備好的，剛好的零錢。
但我可以繼續尋找，使用電子支付的地方。
這些高壓的片刻，是我熱愛網球的原因。

3

「為什麼你要一直研究網球，他怎麼不研究金融危機？」南西念，「不是舵手嗎？好歹也幫忙划一下吧。」

「我不是他的龍舟，他不是我的鼓。」明麗說，「沒關係，網球打三盤。輸了第一盤後，還有兩盤可以反敗為勝。」

「第二盤怎麼打？」

禮拜天下午，明麗請南西做ＳＰＡ。朋友一年前開的店，明麗捧場買了十張禮券，一直沒用。朋友說要結束營業了，明麗趕來問候。

「大環境不好，ＳＰＡ不好做，我要改做代購。」朋友說。

「賣什麼？」

「日本的母嬰用品。」

「那我們要趕快懷孕！」明麗說。

「最好是雙胞胎！」朋友說。

有義氣，但是空氣。因為愛情的大環境也不好，單身的人都「改做別的」。明麗和南西敷著面膜，看到的未來一片模糊。

「那天春芸說得對，不能亂槍打鳥，要從認識的人開始。」明麗說。

「認識的人？」

「就是那些有好感，不熟，很久沒聯絡的。」

療程結束後，她們坐在休息室，一起把明麗手機的「聯絡資訊」看了一遍。

「喲，你也認識他？」南西指著明麗手機上一個人名，「他第一次見面有沒有對你毛手毛腳？」

「有！」明麗瞪大眼睛，沒想到她和南西都曾誤入歧途，「餐桌上一本正經，送你回家時就開始亂來了！」

南西說，「他車上還放著一個死侍的公仔對不對？」

「沒錯沒錯！」明麗說，「而且一直放同一首薩克斯風的音樂！」

「這種害蟲其實不可怕，因為他們沒招。」

她們做了一次「大掃除」清掉了「害蟲」，找出了幾個「認識的人」。

「之前認識到什麼程度？」南西問。

「無害的程度。」

「什麼是無害的程度？」

「騎單車、約吃飯、喝了小酒後會嚷著要我幫他們介紹女友，彼此都不會做出什麼令對方傷心的事，或是彼此做出任何事，對方都不會在乎到會傷心的程度。」

她們滑著這幾個人的臉書。

「看看照片中有沒有持續出現的女人。」明麗說。

「以及有沒有持續出現的男人！」南西警告。

感情狀態，很多人沒寫。合照中的男女，搞不清楚關係。每個人都包裝成完美的禮物，但裡面可能是寶藏，也可能是地雷。

她們最後找到三人。

「應該不只是無害的程度吧？」南西套話。

「當初只有火苗，沒釀成火災，真的是無害。」
「那熄了的火苗怎麼再點？」
「發個訊息，約他們喝咖啡。」
「就這樣？」
「就這樣。」
「嗯……無招勝有招！」
明麗在手機上擬草稿：
「嗨，好久不見！我是明麗。最近好嗎？年假剛過，又是新的開始，喝杯咖啡？這兩天有空嗎？」
南西嗆：「你是要舉辦新春團拜嗎？」
「總要事出有因吧。因為是新的開始，大家聚聚。」
「幹嘛？難道年底就不能找他？唉，不用裝了啦，對方都看得出來！」
「『這兩天有空嗎？』也不好。」南西搖頭，「聽起來你是要跟他調頭寸！」
明麗修改：「嗨，好久不見！我是明麗。最近好嗎？喝杯咖啡？這禮拜有空嗎？」
「好怪喔！」她看著自己寫的字，下了判決。
南西搶過明麗手機，按「Send」。
明麗睜大眼睛，大難臨頭的表情。
「我只是在打草稿耶！」
「打什麼草稿？你幾歲啦？身體都長雜草了，還有時間打草稿？」

身體的確長雜草了，只是除毛刀看不到。

接下來是漫長的等待。

為了讓明麗分心，南西開始談別的話題：「我想去上陶藝課，你要不要跟我一起報？」

「我上次跟你報健身房，繳了一年會費，只去上了兩次飛輪。」

「飛輪太激烈了，上完還要洗澡化妝。做陶比較溫和，結束後只要洗手。」

「我們預繳了很多會費，從來都沒有用到。」

明麗眼神空洞，南西雙手搧風救火：「不要給我掉進哲思狀態喔！」

「『哲思狀態』？」

「就是開始用抽象的語言，把一些不相關的小事連在一起，過度詮釋成對生命整體的結論，然後說服自己人生很悲慘、自己最可憐。」

「我不搞內心小劇場。」

「我送你回家？」南西站起身，打破等待回覆的尷尬。

「你先走。」明麗說：「我坐一下。」

「不要急，有時候電信公司的網路會塞車，簡訊會拖一、兩個小時，甚至一、兩個月才到！連LINE都會當機！」

「我的LINE沒當機過。」

「你是哪家系統業者？你有升級到4.5G嗎？」

明麗站起來，把南西推走，「你要跟男友見面，趕快走吧！」

「你一個人OK嗎？」

「有什麼不OK？」

「不要掉進『哲思狀態』喔！」

南西走了後，只剩明麗。

太陽真的下山了。她坐在一大片落地窗旁，看著窗外安靜的黃昏，和她手中，更安靜的手機。

手機響起，寂靜中特別大聲，她看一眼，是群組裡的訊息。那些跟她不相關、別人把她加進、她不好意思拒絕、事後更難退出的群組。

然後又是寂靜。唯一喧譁的，是窗外即將散場的夕陽。

也許我該換個手機，或換家電信公司？

也許我該升級到4.5G？

也許我該升級自己？

她不搞內心小劇場，她搞雪梨歌劇院。

4

星期天晚上，天色特別黑。是天氣？還是別的原因？

一進家門，拿出手機，有Email！是剛才邀喝咖啡的對象之一。

「好啊！禮拜五下午四點好嗎？約在我們公司辦公室好不好？我們有很好的咖啡機。我想介紹兩位年輕同事給你認識，他們需要一個像你這樣的導師。」

導師？

然後，明麗注意到他把信ＣＣ給兩個女生。

明麗倒在沙發，打開電視，不停切換頻道。為了能聽到手機的聲音，她把電視轉成靜音。

等著等著，餓了。像在機場行李輸送帶拎起行李一樣，她把沈重的自己拎起，拖著腳步，從客廳走到廚房。

打開冰箱，裡面只有不確定是多久前買的火腿和罐裝美乃滋。

打開冷凍庫，餃子像一袋磚塊。

她不想等退冰。只好拿出火腿和美乃滋，隨手做了一個三明治。草率程度，像下飛機前整理座位上的毯子。

拿出柳橙汁，搖了搖，沒有了！

她靠著流理台，眼睛空洞地看著前方，嚼著三明治。四周安靜到，可以聽到自己上下兩排牙齒碰撞的聲音。

三明治太難吃，她丟進垃圾桶。

垃圾太久沒倒，滿了出來！她用腳把垃圾踩下去。

手機突然響了，她像觸電般立刻拿起：

「無痛溶脂×微波拉皮45折」

她緩慢放下。

睡前，手機又響了，是南西。

「怎麼樣？多少人回？」南西問。

「一個。但是是去請我當導師。」

「三分之一，很好了啊！不要悲觀！週末是家庭時間，大家回信比較慢。」

「如果他們都在過家庭時間，那我真的要悲觀了。」

那晚，她失眠。

一個人睡著，並不孤單。

一個人睡不著，才孤單。

她做了兩個夢。第一個夢中，她跑步追趕某樣東西，卻怎樣都跑不快，因為她一邊跑步一邊刷牙，而且重複地刷特定幾顆牙齒。

第二個夢，一個男人送她回家。在樓下大門前，那男人說：「我的衣服溼了，可不可以到你家，借你的烘衣機用一下？」

她讓他進門，帶他走進廚房，指著廚房後面後陽台的烘衣機。那男子推開紗門，自己走到後陽台，她站在廚房遠遠觀看。男子脫下上衣，露出赤裸的上半身，指著烘衣機的旋轉開關，大聲問：「是轉這個鈕嗎？」

她在廚房點點頭。然後男子露出燦爛的笑容，把衣服丟進去……

那一剎那，烘衣機裡伸出一隻手，把那男子一把抓進烘衣機。她衝到陽台，拉開烘衣機的門，但機器裡沒有男子的蹤跡。她想跳進去救他，但無處可跳。她等著那隻手把她也抓進去，但手沒有再出現。

她打開烘衣機開關，寄望能把男子轉出來。

她在空轉的烘衣機前，站了一整夜。

5

禮拜一，明麗很早去上班。

她在一家銀行的風險控管部門上班。這一天是銀行定期的客戶資料安全檢查。

她和業務部門的主管，在同仁進辦公室前，巡視大家的辦公桌。檢查的重點是業績最高和最低的同事，這兩類的風險最大。業績低的，代表做事馬虎。業績高的，傾向鋌而走險。

她走過一位同事的文件櫃，伸手去拉，發現櫃子沒鎖。用力拉開，一隻蟑螂爬出來。

她尖叫一聲、退後一步。男性業務主管笑了出來。

她小心翼翼地再度向前，用筆翻了翻櫃子裡的文件，沒有不該出現的東西，比如說客戶的資料、標示「機密」或「限內部使用」的文件。

但有一包零食。

「雖然忘了鎖，但應該不算違規吧？」業務主管說。

「零食不是我管轄範圍。」明麗說。

他們又巡了幾個座位，拉了幾個抽屜，都鎖得很緊。

拉到最後一個業務的抽屜時，輕易被拉開。然後光天化日下，客人蓋好章的空白外匯買賣水單，大剌剌地放在裡面。

她倒抽一口氣。明顯的違規，不得不記下來。

「一定要呈報嗎？」業務主管說。

「這不只要報到公司，還要報到主管機關。」明麗說。

「報到主管機關要罰錢！不報不就沒事了！」

「不報被抓到更慘！」

「你不報，主管機關怎麼會抓到？」

「誰知道？搞不好有人會去告密。」

「你會去告密嗎？」

「我當然不會。」

「那我更不會，」業務主管說，「只有我們兩個人看見，你說誰會去告密？」

她微笑看著業務主管，他們都知道不會有人去告密，但這種疏失仍然不能通融。

一個早上的忙碌，沒時間看手機，也讓她忘了昨晚送出的那些邀請。午餐時，看到Tony的回覆。

「下禮拜一晚上見面？下禮拜一是十五，我們到中強公園賞月？我帶一瓶酒。」

明麗回：「我帶酒杯？」

6

「我帶酒杯？」

Tony沒回。

七點半，餓了。她決定款待自己。

跟Tony賞月很浪漫，但我一個人也可以浪漫。我一個人過了36年，可以繼續這樣下去。如果找不到伴，我得提早練習跟自己做伴。

她脫掉高跟鞋，換上球鞋，走到公司附近的百貨公司。

她走到常去的專櫃，熟識的小姐剛好值班。

「我一直在等你！」櫃姐說。

「抱歉最近太忙了。」

去年週年慶前她去補貨，櫃姐先用打折價賣給她，發票後補。

櫃姐找出發票，明麗試用了新產品，最後當然拿了不只一張發票。

但她立即開心起來。走到地下室美食街，選了涮涮鍋。

她坐在吧台，兩邊沒人。像旗杆上的國旗一樣顯眼，標示著自己單身。

她拿起高麗菜，一片一片地拆開，再一小條一小條地撕下，丟入鍋中。

「這是新鮮的蝦，老闆招待！」服務生說。

她轉頭看老闆，一名中年女子。她跟老闆點頭，老闆微笑。

「老闆還說要幫你打折。」服務生說。

「不用啦，不好意思……」

「老闆說小姐氣質很好，希望你常來。」

很久沒人這麼說了，她覺得溫暖。她多點了一份魚，雖然已經吃不下。

她走進超市。進門就是水果。她想吃香蕉。但香蕉是五根包在保鮮膜和塑膠盒。她一個人，不需要一次買五根香蕉。

走到生鮮區，拿起胡蘿蔔、蕃茄、紅椒、蘑菇。整理貨架的阿姨看到她拿起蘑菇，熱心地說：「換這一盒吧！這一盒比較新鮮！」

她只是看看，並不想買。但為了不辜負阿姨的好意，她放下手上那一盒，接過阿姨手中「比較新鮮」的那盒。然後阿姨說：「挑新鮮的，回去才不會被老公念。」

她配合：「對啊！我老公嘴巴很刁。」

她走到海鮮區，去殼的蝦精美地包裝好，她拿起來。

「小姐會選喔！這蝦好！腸泥都幫你去掉了！」

這樣誰也不必替誰剝蝦。

然後她逛到廚房用品，拿起包裝可愛的日本洗碗精。她很少在家吃飯，不記得上一次買洗碗精是什麼時候。

她買了一大瓶。

這像繳健身房年費，是個宣示。

浴室也該變得更好才對！她看著架子上的馬桶清潔劑：「馬桶藍酵素系列」。還酵素耶！有三種口味：薰衣草、柑橘香、青蘋果香。嗯……我是哪一種呢？

最後她逛到酒的貨架。

回家開瓶紅酒吧！

大瓶喝不完，所以她只研究小瓶。選擇不多，她拿起一瓶標籤上寫著「Penfold's」的酒。

她不懂酒，選這瓶完全是因為外觀：標籤簡單，白底紅字。「Penfold's」草寫，線條優美。她用手機搜尋，澳洲酒，評價不錯，有點動心。

一個人喝得完嗎？

830cc，沒問題啦！我500cc木瓜牛奶能連喝兩杯耶！

她在百貨公司門口坐上計程車，看著紙袋中的紅酒，突然很期待回家。

她回到家，拉起窗簾，調整客廳的燈光，打開音樂。

然後洗澡，洗完後，打開剛才買的保養品。

她用浴巾包著剛洗的頭髮，在沙發上坐下。想睡，但紅酒醒了。

這是我要的夜晚，我為過去的選擇買單。沒有人想當孤島，但有時自然就脫隊了。如果我「剛好」一個人，那我就「好好」一個人。好的紅酒，不也是一個人，靜靜待在瓶中，10年、20年……

她開瓶，叫醒了瓶裡的精靈。我是陳明麗，我是阿拉丁。今晚，我是自己的神燈。所有的美好與痛苦，即將芝麻開門……

7

第二天，第三個「無害的朋友」小林回了。

「抱歉晚回。換手機了。聚聚好啊，哪一天？」

「這禮拜有空？」

「剛好不行。下禮拜一？」

「下禮拜一我剛好也不行。」

下禮拜一Tony約賞月。

「這樣的話……」小林說，「我明晚約了朋友吃飯，要不要一起？」

明麗想，團體活動也好。久沒聯絡，突然一對一，好像在看病。

第二天晚上，明麗提早下班，離開辦公室前去洗手間補妝。

捷運加走路，到了餐廳，還是早了。

她不想太早進去，鑽進旁邊的便利商店翻雜誌，硬撐了十分鐘。

她刻意晚五分鐘走進餐廳：「林先生訂位。」

「小姐您第一個到。這邊請。」

七個人的桌子！明麗選角落坐下。

「小姐要氣泡還是沒有氣泡的水？」

「等主人來吧。」

她拿出手機，看看鏡中的自己，抿嘴唇。

小林進來時，旁邊跟了三個人：一女、二男，明麗都沒見過。她站起來。

「嗨，明麗，好久不見！」小林熱情地揮手，他身旁的女子對明麗微笑，明麗回禮。

小林轉身介紹：「這是安安、何明、徐志宏。」

大家制式寒暄，那女生叫安安。

閒聊一陣後，一男一女牽手走進。

「這是Jerry和Wendy！他們新婚！」

「哇，恭喜恭喜！」明麗說，「你們看起來好幸福，像剛剛離開婚宴現場。」

「哪有可能，他剛才還為找不到餐廳念了我一頓。」Wendy叫屈。

「這地方真的不好找，我也迷路了。」明麗幫Wendy講話。

他們六個人一下子就熱絡起來。明麗問：「你們認識很久了嗎？」

Jerry說：「小林、我、何明、徐志宏，我們是高中同學！」

「啊！不好意思，打擾你們同學會。」

「什麼同學會！這兩個女生又不是我們同學。」小林指著安安和Wendy。

「不是同學會，那今天是什麼場合？」明麗問。

「你不知道啊？」何明說，「今天是小林生日啊！」

天啊，我怎麼挑這種場合來插花！連禮物都沒準備！

「生日快樂！」明麗舉杯對小林說。

小林舉杯：「算是我們一起慶祝，你生日也剛過不久吧？」

這麼重要的日子，出席的應該都是熟人吧。三個男生是小林的高中同學，Wendy是小林高中同學的太太，那安安是……

她沒有點氣泡水，心中卻不斷升起氣泡……

「大家坐吧！」小林招呼大家入座，安安坐在小林旁邊。

「最近在忙什麼？」小林刻意地跟明麗講話，不讓她覺得落單。

「老樣子，還是銀行的事。你呢？還在廣告代理公司？」

「早離開了！所以才換手機了。我們有那麼久沒見了嗎？」小林拿出名片，「現在自己做。」

明麗接下：「哇，你好厲害！」

「一點都不厲害，我們只有一個客戶，而唯一的客戶還在砍預算，岌岌可危。還是你聰明，留在大公司。」

「其實我也岌岌可危。聽說我們公司要裁員。」

「哎呀，這整個世代都岌岌可危啦！」徐志宏吆喝，「來來來，敬岌岌可危！」

岌岌可危的氣泡，節節上升。

明麗放下酒杯，「看來廣告現在不好做？」

「你告訴我現在哪個行業好做？」

「嗯……心理醫師吧。」

「你看心理醫師？」

「我的問題比較嚴重，需要哲學家。」

「你的問題，」小林舉杯，「只需要這個。」

她藉口上廁所，去跟餐廳買了一瓶酒，作為生日禮物。

「太客氣了！」小林說，「我們帶的酒夠了。」

「別低估我的問題的嚴重性。」

小林笑，「那天看到你的簡訊，嚇了一跳！」

「為什麼？」

「前一天我才在捷運站外看到你，看你神色匆匆，就沒打招呼，沒想到第二天就收到你的訊息。」

「哦！那天我趕著去考試，快遲到了！」

「考試？」

「留在大公司，要考很多試，沒那麼好混。」

「考什麼？」

「那天是考『洗錢防制法』。」

「考得怎麼樣？」

「還不錯。這是我拿手的科目。」

「所以你是洗錢專家？」

「我是『防制』洗錢專家。」

「那以後我有問題可以問你囉？」

這個「囉」，像胡椒，灑上了挑逗的味道。

「幹嘛，你想洗錢？」

「洗錢的定義是什麼？」

「掩飾或隱匿特定犯罪所得之本質、來源、去向、所在、所有權、處分權。」明麗故意用背的。

小林邊聽邊點頭。

「你有掩飾嗎？」明麗問。

「沒有掩飾『犯罪所得』。」

明麗笑。

徐志宏對明麗很積極，「哇，你酒量很好耶！」他敬她。

「沒有，我已經茫了！」她奉陪。

「要不要先把地址留下，萬一醉了，我送你回家。」

「你也在喝，我哪敢叫你送？」

「坐計程車送啊！」

「這樣對美女太失禮了吧！」何明說。

「叫Uber總可以吧！」徐志宏說。

「『菁英』還是『尊榮』？」何明問。

「當然是『尊榮』！」

「不需要。我坐捷運轉公車，可以省8塊。」

「我送你，你一塊錢都不用花。」徐志宏說。

「但會不會付出更大的代價？」明麗裝出求救的表情。

大家大笑，她很開心。她成功地把今晚這「6＋1」的尷尬局面，變成了「7」。

那些笑臉還沒散開，下一秒中，她看到安安，用叉子，夾起小林餐盤裡菜，送進小林口中。

「洗錢防制法」第7條：「金融機構人員應進行確認客戶身分程序，並留存其確認客戶身分程序所得資料；其確認客戶身分程序應以風險為基礎。」

考試，她滿分。現實，當掉了。

「你這支錶好漂亮，哪買的？」徐志宏再敬她。

「嗯？」明麗閃神。

穩住，穩住，像高中時打鼓。指導老師在她耳邊輕聲說：「明麗，隔絕噪音，聽自己，找到節奏，你有天分，你可以的……」

「我說你這支錶好漂亮，我想買一支。」

明麗穩住，「要送女友？」

「沒女友，送妹妹。」徐志宏套話，「是你男友送的？」

「沒男友，自己在網路上買的。」

「沒男友？怎麼可能？還是你不想定下來？」

她無法「定」下來。她感覺大腦在漂浮，胃變成鐘擺。想喝水，第一次沒抓到杯子。深呼吸，第二次抓到了。她感覺水進入食道，花了一番功夫找到搖擺的胃。

她舒服了些，慢慢說：「妹妹不能送這支。這支是廉價品。」

徐志宏再拿起酒杯，「手臂高雅，手錶就不會廉價。」

她拿起水杯回敬。她知道，自己「岌岌可危」了。再喝下去，坐Uber也回不去了。

如果她在那一刻走就好了！未來跟小林、安安、徐志宏……還是可以見面，當個朋友。

她可以老實說，不好意思，我自不量力，醉了。糗，但不致於醜。

但她沒走。原因不是留戀，而是人家生日，氣氛正好，突然閃人，掃興。

於是她留下。在徐志宏刻意進攻、何明瞎起鬨下，又喝了幾口。連安安都拿起酒杯說：「你豪爽，我敬你。」

只有小林跳出來說：「喂，別把新朋友嚇壞了！」

小林慢了一步。

越過「茫」點，彷彿走進樹林。枝葉茂盛，正午太陽完全被擋在外面。一進去，立刻感到陰影帶來的寒意。

她感覺頭被塞住，像感冒時的鼻子。有人把枕頭塞進她腦袋，還是兩個枕頭！

兩個枕頭的重量，讓明麗推倒酒杯，額頭倒在桌面。一桌的不鏽鋼餐具，嚇得跳起來。大家驚呼。

她聽到樹林以外另一個大陸，有人叫她的名字。

她的聽覺失靈，視覺也模糊，好像看著一部黑白默片。片中幾個大男生把她扶倒餐桌後面的沙發，跟服務生要來一杯熱水。

男生扶她時，她兩腿像兩條垂吊的圍巾，隨風，喔，不，隨空氣擺盪。兩步後，高跟鞋踢掉了。

她的背一碰沙發，人就從側面倒了下來，像布丁滑進碗中。男生再把她扶正，她再倒。然後有人說：「沒關係，那就先讓她躺下。」她躺下，有人把她另一個高跟鞋也脫掉。

服務生拿來熱水，男生接下。女生說：「等一下再喝，這樣會嗆到。」

她躺在沙發上，揮動雙臂大叫：「沒關係，我跟你喝一杯！」

何明對徐志宏說風涼話：「你不是說要送她回家嗎？現在是時候了。」

徐志宏看著小林：「她家在哪？」

小林說：「我不知道。」

安安說：「看她證件。」

徐志宏打開明麗的包包，找到錢包，翻出身分證。

「這邊有地址！」徐志宏說。

「是住的地方？還是戶籍地址？」

「就算是戶籍地址，也是她家人吧。」

「她這樣應該不想被家人看到。」安安說。

何明說：「顧不了那麼多了。」

「看看她手機，有沒有親朋好友的電話，叫他們來接她。」小林說。

徐志宏從包包中拿出手機，「不行。」

「怎麼了？」

「不知道她密碼，」徐志宏說，「你知道她生日嗎？」

「是最近，但哪一天我也記不得，」小林邊查臉書邊說，「其實……我跟她沒那麼熟。我只是想介紹她給徐志宏認識。」

「身分證上不就有生日？」安安說。

「喔，對喔。唉……我也醉了。」徐志宏試，「不對，密碼不是生日。」

「別猜了！讓她睡一下，我們先吃蛋糕。」何明說。

「你還有心情吃蛋糕？」安安說。

「不然怎麼辦？」何明說，「我們吃蛋糕，等一下，搞不好她就醒了。或者這段時間有人打電話來，我們也可以問他。」

「萬一沒人打電話來呢？」徐志宏說。

「那至少讓她得到了休息，我們也吃了蛋糕。」何明說。

「萬一沒人打電話來，」安安說，「我就帶她回我家。」

明麗在森林中聽到窸窸窣窣的聲音，彷彿有人踏著乾枯而翹起的落葉而來，卻遲遲不走進她的視線。她心想：「這是哪裡啊？電燈開關在哪？怎麼沒人開燈？」

半小時過了，沒人打給明麗。

「我送她到身分證上的地址吧。」徐志宏說。

「別讓她尷尬，」安安說：「我帶她回家。」

「你怎麼跟你爸媽說？」小林問。

「就說是我朋友。」

小林去開車，何明和徐志宏把明麗架起來，服務生來幫忙，旁邊的客人觀望。

明麗感覺森林地震了。

安安把明麗的錢包、手機、高跟鞋放回包包。

明麗感覺樹上的葉子一直落，數量和速度像午後的雷雨。

何明和徐志宏架著明麗走到餐廳門口，一陣冷風吹來。

明麗感覺雷雨打在身上。

何明、徐志宏、安安、明麗，四個人，站在二月的人行道。喔，不，明麗看起來不像一個人，而像何明、徐志宏、安安共同搬運的一件行李。

小林的車從轉角開過來停下，何明、徐志宏把明麗塞進後座，但小心地用手保護她的頭。明麗的身體無法維持坐姿，徐志宏只好讓她平躺。一平躺下，明麗突然大叫：「你到底什麼時候要回來啊？」

小林和安安互看一眼。

「你說啊？」明麗追問。

「我端午節前後回來，端午節前後回來。」徐志宏說。

「記得要帶粽子喔！」何明調侃。

「你實在很不夠意思耶！阿成！」明麗怒吼。

「『阿成』是誰？」徐志宏問。

小林不知道。

徐志宏關上門，明麗正式進入飛機貨艙。

「你真的很丟臉耶你！」明麗再叫。

「走吧。」安安指揮。

「看來帶回家會麻煩，還是你陪她去住旅館？」小林說。

「不用啦！我們回家。」安安說。

明麗聽到森林著火了，雷雨打在火上，卻讓火越燒越旺……

當森林大火滅了時，四周一片漆黑，明麗睜開眼。

不是夢境，她回到現實。

她睜開眼，陌生的房間。她轉過頭，安安睡在地上。

「SHIT！」她閉上眼。

她再睜開，看到包包在椅子上，想一走了之。

但那會讓已經尷尬的狀況更糟吧。

她不記得昨晚發生什麼事，但可以揣摩自己完全失態。「風險控管」是她的專業，沒想到竟栽在這裡！

她睜眼、閉眼，等待早晨第一道光線。但這是永夜的國度，陽光遙遙無期。

安安睡得安穩。明麗舉起廉價手錶：兩點半。

SHIT！這會是，漫長的一夜……

8

「明麗？明麗？」

明麗聽到自己的名字，張開眼睛。陽光像SPA的蒸汽，瀰漫整個房間。

「該起來囉！」安安說。

「真不好意思！」明麗縱身彈起。

「睡得好嗎？抱歉我床有點小。」

「不好意思讓你睡地上。」明麗摺被，不敢正眼看安安。

「不用摺了，你九點上班吧？時間差不多了。」

明麗看錶，八點半。

「糟糕！」明麗大叫。

「我幫你準備了一套盥洗用具，放在洗臉台，你趕快梳洗，我幫你叫計程車。」

「不好意思……」明麗衝進浴室。安安準備了牙刷牙膏，整齊地放在洗臉台。

她一邊刷牙一邊想：這真的是最糟的一夜！

最糟的不是她喝醉了失態，也不是叨擾了安安。

最糟的是安安是這樣的好。

「抱歉，我先走了！」明麗匆匆梳洗、狼狽ready。

「車已經在樓下等了，」安安俏皮地說，「抱歉不是尊榮車。」

「我這樣子，尊榮車也不敢載吧。」

「我如果是司機，會搶著載你。」

明麗出門前，看到安安的爸爸從房間走出來，尷尬地打了個招呼。

「這是我同事，」安安對爸爸說，「她來幫我修電腦。」

「喔，謝謝你啊！」安安的爸爸說，「吃了早飯再走？」

她皺著眉收下這感激，然後對安安說，「以後如果需要工具人，隨時找我。」

昨晚，她去跟小林吃飯。最後，她愛上的是小林的女友。

9

她匆匆趕到公司，在電梯撞見Jenny。兩人面對電梯門，Jenny看著電梯門上反射出明麗的衣服。

「學綾瀨遙，跟實習生過夜啊？」Jenny酸。

「綾瀨遙？我感覺像林投姐！」

樓層快到了，明麗說：「外套交換一下好不好？」

Jenny意味深長地微笑，但不戳破。脫下外套，跟明麗交換。明麗鬆一口氣，慶幸有這樣「合身」的同事。

電梯門開，兩人走進茶水間拿咖啡。一名男同事走進來，瞄了Jenny一眼。

「喔，這件衣服昨天我看過……」男同事說，「昨天沒回家喔？」

「你羨慕啊？」Jenny說。

「今天變冷了，小心著涼喔……」

「我男友很熱情，不會著涼的。」

一旁的明麗笑，男同事轉頭看明麗，「咦，這件衣服我昨天也看過！這是怎麼回事？」

她們享受著捉弄男人的感覺。

她們享受著這不戳破的祕密。

10

「你還好吧？」小林簡訊問候。

「抱歉毀了你的生日趴。」明麗說。

「沒事就好。」

「一年一次，被我搞成這樣。」

「一年一次，所以還有明年啊！」小林問，「徐志宏想傳訊息給你，可以給他你的電話？」

「好啊！」她說。

徐志宏沒有傳訊息來，她也不希望他傳來。醉酒事件太糗，她需要閉關幾天。剛好公司事多，她合理地把自己埋在工作中。我喜歡這份工作，它總是可以優雅地掩蓋我，孤單的本質。

禮拜一，農曆十五，滿月。

雖然天氣冷，她還是穿裙子。她選了一雙鞋跟特高的鞋，不是平常上班會穿的，但今天不是平常上班。

今天要跟Tony去賞月。

上禮拜用簡訊約了後，他們沒再聯絡。

前一晚，她跟Tony確認，他還是沒回。

到了下午六點，依然沒消息。明麗打給Tony……

沒人接。

「今晚約幾點呢？」她傳訊息。

Tony立刻回了。

「抱歉公司臨時有事，我還在開會。可以跟你改期嗎？」

末尾還加了一個臉紅的符號。

明麗本來只是小生氣，看到這符號變成大生氣。

為什麼你不尊重別人，還要裝可愛呢？

「去你的改期！F--K YOU！」

但她沒有這樣寫。她在銀行的風險控管部，這不是她用的語言。

「那又怎樣！F--K YOU！」

她還是沒有這樣寫。

她在座位下踢掉特別準備的高跟鞋，把短裙拉長。

她漫無目的地瀏覽網頁，上了一個從來沒去過的購物網站……

一個很久沒見的男人，放我鴿子。沒關係，我要以大局為重。

她買了一雙鞋。

一小時後，肚子餓了。

她到超市買了一瓶果汁、一盒壽司。

她走到中強公園，找到座位坐下。

一邊是山坡，一邊是燈光優美的豪宅。晚上的公園仍有大學生在打籃球，不時傳來吆喝。她一個人，但不孤單。

她打開果汁，插進吸管。

打開壽司盒，吃一口豆皮包飯。

抬頭看天，有月亮。但今天……並不是滿月。

「真的是十五嗎？」

圓滿的籃球滾過來，打球的男生大叫：「美女！我們的球！」

她放下豆皮包飯、踢掉高跟鞋、站起來、光腳踩在地上、撿起球、丟回去。

「哇……」那群大學男生讚嘆，「要不要過來一起打？」

她笑笑，回到座椅，腳黑了。

「一起打啦！」大學生盧她。

Why not？

她轉過身、光著腳、走向球場。男生歡呼，把球傳給她，還拿出手機來拍她。

她站在原地、看著籃框、運了兩下、出手投籃，連跳都沒跳……

空心！

男生嗨翻。幫她拍照的那位說：「哇……有練過耶！」

「高中體育課後，就沒打過籃球了。」

「那怎麼這麼準？」

她聳聳肩。

也許是因為，我對投籃這件事，沒有得失心。

「可以加朋友嗎？」拍照男問。

「我也要！」

她抬頭看那「不圓的滿月」，沒有想到今晚會變成這樣，她決定繼續這離題的劇本，「當然可以！」

三月

1

如果不是巧遇士哲，明麗可以一直這樣忙到夏天。倒不是她做的事有多重要，而是不重要的事都像黴菌，能驚人地自我繁殖。

士哲是她兩年前在研討會上認識的同行。吃過兩次飯，吃完後走過國父紀念館，似乎大有可為。但第三次約會，士哲臨時取消。沒有解釋，也沒再聯絡。

沒想到他們在同一個主題的研討會又見面了。

「你怎麼好久沒來？」明麗問。

「我同事接手了。」

「你升官了？」

士哲點頭，「但好景不常，公司把同事砍了，又輪到我來上課。」

「輪到上課還好，輪到被砍就糟了！」

「聽說你們公司要砍人？」

「搞不好以後我也不用來上課了。」明麗自嘲。

「那我要趕快找你吃飯！」

「好啊！找一天喝咖啡。」

「咖啡不夠啦！一起吃晚飯，再去走國父紀念館。」

他的口氣還是沒變，好像他們只是兩天沒見。

「抱歉我直接問，你有女友嗎？」

但她沒問。男人和女人，不能單純做朋友嗎？

她不知道答案。但女人和女人，可以做朋友。

週末跟南西吃早午餐。

「全軍覆沒！」明麗把沙拉送到嘴巴，好苦的醬汁！

「所以這三個不但不是『無害』，還是『公害』！」南西罵。

「不至於啦！」明麗說，「只是我和他們無緣。」

「不要用無緣幫他們開脫，不要把責任都推給緣分，緣分是無辜的！緣分不會約了人賞月後，不回覆又臨時取消。緣分不會刻意撩起別人後又撇清關係，讓別人覺得自作多情。這些都是爛人有意識的決定，不是緣分！」

「只能說我看走了眼。」

「你看男人的眼光這麼差，會不會你喜歡的，根本不是男人？」

明麗睜大眼睛，她從來沒這樣想過。

「哎呀，被你看穿了！」她用玩笑搪塞，「難怪我們這麼好！」

「我可是隨時奉陪喔！」南西拿起明麗的三明治，咬了一口。

「謝啦！」明麗配合，「要不要跟我去賞月？我帶一瓶酒。」

2

南西沒有約她賞月，但士哲約她去居酒屋。

「我不能喝酒！」她在訊息中嚴正聲明。

「那喝長島冰茶？」他挑逗。

明麗走到餐廳門口，看到士哲站在人行道上，滿面微笑，像熱切的泊車小弟。

「你幹嘛站在這？」

「等你啊！」

「這麼客氣幹嘛？」

「反正一個人坐在裡面也無聊。」

居酒屋只有吧台，沒地方放包包。「可以把包包放在角落的置物櫃。」服務生說。

他們走到角落，士哲打開櫃子，「我們放一起吧，比較親熱。」

他把她的包包放進櫃子，把自己的放在她的上面。然後啪一聲，堅定地關上門、鎖上。

「坐啊！」他幫她拉椅子。

「想吃什麼？」他問。

「網友說這家的一夜干很好。」她翻菜單。

「網友說這家的一夜情很好。」他翻菜單。

她笑。

「吃辣嗎？胡椒蝦敢吃嗎？」他問。

「當然敢吃，但懶得剝。」

「我可以幫你剝！我是剝蝦達人！」他搖動光光的十根手指。
「達人？是速度很快嗎？」
「一分鐘七隻！」
「結婚後應該會退步。」
「為什麼？」
「到時候你就知道。」
士哲改變話題，「我們點啤酒吧！」
「我不能喝酒。」
「你不喜歡喝啤酒？」
「我喜歡。但最近不能喝。」
「生理期？」
「懺悔期。」
「聽起來有段精彩的故事，那我一定要把你灌醉！」
這一次她守住了。
「你怎麼知道這家？」明麗舉起熱茶。
「我最近搬到這。」
「這一區房租很貴吧？」
「我買了房子。」
「你發財啦！買得起這邊的房子！」

「沒有啦，都是貸款。」

「怎麼會想買房子？房價這麼高！」

「是啊，當初真是很難買下手！」

「那幹嘛不等等？」

「沒辦法等……」

「為什麼？」

士哲喝了一口啤酒，在泡沫中含糊地說：「我太太想買。」

明麗跳針一拍，但沒影響旋律。

「你結婚了？恭喜你！」

「謝謝！」

「什麼時候的事？怎麼沒發帖子給我？」

「去年十二月。不好意思，沒事先告訴你。你不會介意吧？」

「怎麼會。」

他X的，你明明有家有室，為什麼從頭到尾一副單身的樣子？說要走國父紀念館、在門口接我、把我的包跟你的包鎖在一起、暗示一夜情、說要幫我剝蝦、不戴婚戒，還想把我灌醉……你這是哪一招？

「我是想我們還是可以吃個飯，做個朋友。」

「當然！」明麗說，「我沒關係。但我怕你老婆介意。」

「不會啦，我有跟她報備。」

「要不要打給她，請她一起來？」

「不用了。我想單獨跟你聊。」

「為什麼？」

「因為你是我朋友啊！難道已婚的人，不能交朋友？」

「當然可以。」

「你這件上衣很漂亮。」他碰她的肩，「義大利的？」

「很接近，五分埔的。」

「你有已婚的男性朋友嗎？」他用小腿碰她。

「當然有。」她把雙腿交叉起來，「黑、白兩道都有。」

「你少來。」他不信，「那你們聊什麼？」

「警方最近破的大案子。」

「你怎麼會認識警察？」

「他們跟我請教防制洗錢啊！」

士哲半信半疑，「都談公事？」

「對啊。他們不會暗示一夜情，或碰我的腿，或約我到國父紀念館散步。國父看到，應該會不高興吧。」

「國父的情史可是很豐富的喔！」

「那是在19世紀。」

「你想法這麼傳統？」

「活在19世紀的是你耶！」

「我很多已婚朋友，都有紅粉知己。」

「紅粉知己？是切磋琴棋書畫嗎？」

「吃吃飯、唱唱歌、喝了酒後偶爾嘴巴挑逗一下，頂多有些肢體碰觸。」

「像在吧台下碰女生的腿？」

「有時是女生主動。」

「男生想進一步嗎？」

「看氣氛囉！大多數不想。」

「那這樣碰來碰去是什麼意思？推拿嗎？」

「好玩嘛！」

「其實就是吃豆腐。」

「沒有喔，都是你情我願的。」士哲辯解，「你看那些女生的穿著，就知道她們也想玩。」他打量明麗，「你打扮一下，不比她們差。」

「我幹嘛跟她們比！」

「別小看她們，她們有些也位高權重，是公司的主管。」

「我懂。但她們沒有家室，男生有。男生該避嫌吧。」

「每個人對『嫌』的尺度不同。」

「你朋友都跟你一樣，有跟老婆報備，而且老婆都不介意嗎？」

「這我就不知道了。你會介意？」

「如果我老公在吧台下碰我這樣女人的腿，我會介意。」

士哲搖頭笑笑，「你就是太聰明了。」

「誰？我？你說什麼，我聽不懂耶！」明麗裝傻。

「你太聰明了！」

「這種讚美，其實是貶低。」明麗笑著說，「男人聰明能幹，你就伸出大姆指比讚。女人聰明能幹，你就搖頭笑笑。這是什麼邏輯？」

「我沒貶低你的意思。但社會就這樣，規則不是我訂的。」

「我知道。但你應該優於這些規則！」明麗伸出大姆指，給他比讚。

「你要求好高！」

「我覺得這是低標耶。」

「這樣很難結婚喔。」

「很難跟你們這圈子的人結婚。」

「我們都已婚了。」

「對啊，要記得喔！」明麗舉起茶杯，「恭喜你！新婚愉快！」

「恭喜我，你總要喝一杯吧？」

明麗把他的啤酒，倒進自己的茶杯中。

「我敬你！」她一口乾掉。

3

「英國銀行協助富人避稅，金額達上億英鎊。」明麗一邊影印，一邊看著牆上佈告欄的剪報。

「你卡紙了！」

路過的同事提醒她。

「什麼？」

「你卡紙了！」

同事幫明麗清掉影印機中卡的紙。

同事瞄一眼明麗在看的剪報：「哇，這下你們又要忙了！」

「是啊，會開不完。」明麗嘆。

明麗卡住的，不只是紙。

連續幾天的會，她被疲勞轟炸成木乃伊。星期六睡到十二點，被南西的電話吵醒。

「怎麼搞得，LINE都不回？」南西抱怨。

「睡死了。」

「去健身房？」

「這禮拜累死了，只想躺在臥房。」

「運動一下精神才會好啊！下午有一堂『TRX』。」

「什麼東西？」

「懸吊式阻力訓練。」

「聽起來像SM遊戲。」

「訓練核心肌群啦！」

「所以真的是ＳＭ！」

明麗死也不肯上健身房，但願意到健身房樓下做腳底按摩。

「鐵定是想跟你一夜情！」南西說士哲，「最後被你曉以大義，良心發現。」

「慘了，」明麗說，「我對男人的吸引力，是讓他們良心發現。」

兩個人並排躺在腳底按摩的躺椅，表情扭曲，不知是因為師傅，還是失望，的力道太強。

「已婚男人都想有婚外情！只是敢不敢做的差別。」

「太悲觀了吧！」

「婚姻像樣品屋，是展示用的。外表華麗，裡面很多細節都只做了一半。」

「婚姻應該是國民住宅，地段方便、物美價廉。」

「你把婚姻看得太嚴重了，所以結不了婚。」

「你把婚姻看得太輕鬆了，所以離婚了。」

「我承認啊！」南西理直氣壯，「我們有FU就結了，走得下去就走，走不下去就離。走不下去還在一起，就是為了小孩。」

「你講得好像是參加健身房。」

「沒錯，其實婚姻也是會員制。一年後不續約就是了，不是世界末日。過一陣子想發憤圖強了，再加入一家新的健身房。」

「只不過是不能退費的健身房？」

「會費是青春，不能退費。在這裡勉強減掉的肉，很快會長回來。」

離開按摩店，上了南西的車，在地下停車場繞了好幾圈，終於撲上地面。

「接下來呢？」南西問。

「回家。」明麗說。

「是說找男人的計畫。」

「一直繞圈圈，我有點累了。」明麗看著車窗外的路人，「這比訓練核心肌群還累。」

「這麼快就放棄了？」

「不是放棄，是休息一下。」明麗露出疲憊的笑容，「過一陣子想發憤圖強了，再加入一家新的健身房。」

南西拿出手機，滑出一張明麗的照片。

「記得這張嗎？」

「什麼時候拍的？」

「二月。當時你說：既然重出江湖，就不怕皮肉傷。」

明麗苦笑。

「還是你已經內傷了？」

明麗停頓了一下，好像在檢查傷勢。然後笑笑說：「就憑這些男人？傷我需要更高竿的。」

4

「第二盤」失利後，明麗回到原先的生活：開會、簡報、便當、加班。每天忙到八點多，聽到腸胃的警報，才去覓食。

那真的是「覓食」，不講究營養或氣氛，只求填飽肚子。

南西拉她去參加活動，填滿下班後的時間：品酒、單車、勞作、佛朗明哥……

這些活動都時髦、好玩，照片在臉書上分享，可以得到很多讚。

但趕場參加這些活動，讓下班後的生活變成表演，觀眾是可能按讚的朋友。

下班，比上班還累。

「不要搞得太累，把身體累壞了，公司不會照顧你！」禮拜天回家，媽媽一邊為明麗夾菜，一邊念。

「這只是一份工作，不要為了工作耽誤了你的人生，」老媽越夾越多，滿出她的碟子，「你快40了，現在最重要的事，不是工作……」

「快『40』？你怎麼算的？」

「虛歲差不多了，你要認命。」

「爸，最近血壓還好嗎？」明麗轉移話題。

「還好！」爸爸反問，「你血壓還好嗎？」

「我血壓？我很少量耶。」

「你年紀也不小了，要開始追蹤血壓了。」

吃完飯，她幫忙收碗，老媽趕她去客廳陪爸爸聊天。她坐在老爸旁邊，老爸把電視新聞開得很大聲，她坐不住，拿出手機來。老爸突然說：「來，我幫你量一量血壓。」

老爸興沖沖地走近房間，像是要把藏好的嫁妝拿出來賞玩，「我們新買的血壓機，你試試看。」

「我血壓ＯＫ啦！」
「試試看嘛！」
「不用試。我自己的身體我知道。」
「如果ＯＫ，你怕什麼？」
她放下手機，伸出手臂。爸爸幫她把充氣臂套戴上，認真的表情，彷彿是幼稚園開學那天幫她穿上新鞋。
「怎麼樣？會不會太緊？」
他當年蹲在地上，也是這樣問。
「開始囉……」充氣臂套慢慢變緊……
她看著電視上的車禍新聞，兩位駕駛粗魯對罵，她好奇那兩人的血壓多少……
充氣臂套緊到底後，慢慢鬆開。老爸繃著臉，緊盯著逐漸下降的數字……
「嗯……」老爸發出聲音。
「多少？」明麗問。
「１２４／７８」
「正常啊！」
「一次正常不代表都正常，要多量幾次！」
「我只聽過『一次不正常不代表都不正常』。」
「你把血壓計帶回去，沒事在家自己量一量。」
「不用啦，我來這邊的時候量就好了！」

「你忙得要命，多久來一次不知道。」老爸把血壓計放進她包包。
「不用啦！不是新買的嗎？你們就多用啊！」
「沒關係，我們還有個舊的。」
「舊的不準，你們用新的。」
「那你把舊的帶回去。」
老爸把舊的血壓計收進她包包時，電腦上的Skype響起。老爸立刻跑去書房接，因為這是約好跟她弟弟的通話時間。
「喂，明豪啊，你好啊！家裡都好嗎？」老爸的語調，立刻高了八度，「老伴啊，兒子打電話回來了！」
老媽立刻從廚房跑出來，溼手還沒擦乾。跟老爸兩人擠在電腦的攝影機前，左右搖晃，想在兒子的畫面上呈現最好的角度。
弟弟的血壓應該不高，因為他完成，甚至超越了爸媽所有的期待：到美國留學、畢業後在美國工作、結婚生子、台北時間每個禮拜天晚上九點準時打電話回家、讓爺爺奶奶聽中文怪腔怪調的孫子說：「爺爺好！奶奶好！」。
他娶了一個漂亮的老婆，叫Candy。他們在台北辦喜宴之前，明麗陪Candy去挑婚紗，捷運上碰到Candy的朋友。Candy朋友看到明麗，有禮地問Candy：「這是你……大嫂？」
Candy立刻說：「我大哥哪有這福氣！」
Candy漂亮、聰明、EQ高。她弟弟娶了Candy。
弟弟做到的，她一樣都沒做到。

明麗把電視新聞調成靜音，爸媽的聲音就更大了！

螢幕上變成一則健康新聞：最新的醫學研究證實，早睡早起可以防癌。

這不是常識嗎？需要最新的醫學研究來證實？

她突然覺得自己應該開始力行早睡早起。因為她不想得癌症。

當然，沒有人想得癌症，但她比一般人更沒本錢得。

如果她得了癌症，爸媽年紀已大，沒法照顧她。弟弟一家遠在美國，不可能回來看她。到時她要靠誰？看護？外傭？

她開始想像自己一個人躺在醫院病房，晚上聽到一簾之隔的鄰床三代十人來看爺爺的交談聲。到了半夜，只剩下無眠的她，跟鄰床爺爺的呼吸器為伴。

老媽說的對！「工作不要太累，把身體累壞了，公司不會照顧你。」

我可以早睡早起，我可以照顧自己，但那是我想要的人生嗎？

「明麗啊！明麗！」老爸幫她從恐懼中拉回來，「你弟弟跟你講話。」

明麗走到書房的電腦前，「嗨……」

「嘿，老姊……」

「氣象報告說這兩天你們那邊下大雪？」

「破紀錄了，我都在鏟雪。」老弟問，「怎麼樣，你最近好不好？」

「老樣子。」

「有沒有找到能幫你鏟雪的人啊？」老弟問。

「幹嘛找別人，我自己可以鏟雪啊！」明麗說。

「自己鏟很累耶！」老弟說，「我鏟得腰都酸了！」
「不用擔心，台北不下雪的。」
「那地震呢？」
「幹嘛，我要找一個人，讓台灣不地震嗎？」
「是找一個人，讓地震發生時，有人跟你在一起。」
「『車震』時旁邊有人就好，『地震』時不用啦！」
「胡說什麼！」老媽在背後打明麗。
老弟無法在Skype上瓦解老姊的心防，放棄了，把兒子叫來跟爺爺奶奶請安。
明麗離開書房，回客廳看新聞。
別擔心，台北不會地震的……
爸媽又講了十分鐘。
爸媽講完後，回到客廳，不停地讚美孫子長得多好。
明麗的手機突然響起。
是老弟傳來的簡訊：
「爸媽很擔心你，要加油啦！」
「別擔心！」
「你記得你小學時要離家出走嗎？」
「什麼？」
「你看了卡通，一個星期天早上就離家了。你留下一封信，說卡通中勇敢的女生都要離家出走，所以你走了。」

明麗笑了。

「結果我才到台北車站就回家了。」

「你把老媽嚇死了！」

明麗還記得當年媽媽開門，把她抱入懷中的表情。

「如今……」弟弟寫：「他們真希望你離家出走。」

明麗接不下去。

「我知道你是，勇敢的女生。但有時候，軟弱一點，才能找到幸福。」

5

明麗最弱的，是瑜伽。

她會費繳了兩年了，很少去，做得也不好。瑜伽，跟滑雪、高爾夫一樣。如果沒抓到訣竅，不是運動，是折磨。

但她還是甘願繳了會費。瑜伽就像感情，是該做的事。她還做得不好，值得繼續努力，並付出代價。

星期五，她準時下班，趕到教室。

她走進更衣室，換了衣服。走進教室，跪坐在瑜伽墊上。

教室裡唯一的男生是老師。一年四季，都穿著貼身的背心和短褲。

「跟自己的身體對話。」老師說。

明麗閉上眼、吸、吐、吸、吐……坐了一整天辦公室，身體僵硬地像樹枝。

「透過呼吸，聽自己身體的聲音。」老師走到明麗身邊。

我在聽，但身體講的是阿拉伯文！

每次上課有十個人左右，老師沒辦法糾正每個同學的動作。但每一次，明麗都是他糾正的對象。

他都會一邊喊口令，一邊用「身體」糾正。比如說做「向下看的狗」，她的手的五指沒有用力平壓在地上，老師走過時就用他的腳掌踩著她的手背，然後說：「螞蟻跑進去了喔！」

也許這是她學了兩年，還做不好的真正原因。因為做得好，就不會被糾正了。

「接下來我們練頭倒立，會做的同學自己做。不會的同學，跟我做簡單的版本。」

她當然只能做簡單的版本，但希望自己是屬於會做的那組，那樣就可以用頭下腳上的姿勢，得到糾正。

她跪在瑜伽墊，將雙臂排成三角形，頭放在三角形中間，兩腳踩著地，然後膝蓋離地撐起……

她咬牙切齒地撐著，顛倒的視野看到後面英挺倒立的同學……

那位同學輕鬆而穩定地慢慢把腿舉向天空，好像只是戴上一頂帽子。老師賞識地走到她旁邊，用手扶著她兩條小腿，把原本已經筆直的腿，調得跟旗竿一樣。

明麗顛倒地看著老師的手扶在那位同學的腿上，她的腿好長、好美……我想跟「她的」身體對話！

然後明麗洩氣地倒下來，整間教室都被她震起。

老師走過來，冷冷地說：「很久沒有練習了喔。」

我每個月都有來！她想辯解，但及時把話收回去。每個月來一次，並不光榮。

「再做一次。」老師說。

明麗跪著，仇視著瑜伽墊。她把雙臂排成三角形，角度端正得像撞球桌上擺球的架子。然後她把頭塞進三角形中間，集中力氣，把膝蓋離地撐起……

「很好啊……」老師用腳背碰觸她弓起的背，她的臉腫脹起來……

然後他用腳掌，踩著她握緊的拳頭。她可以從拳頭，感受到他腳掌的灰塵。

「臉上表情放鬆，手臂撐住……」

他不講還好，一講，她又崩塌了。

「沒關係，你移到這邊，靠著牆做。」

她跪在牆邊，靠著牆，慢慢把腿抬起。有了牆，腿像是有了衣架的衣服，找到了咖啡杯的咖啡。

老師走到牆邊，用雙手，環抱著她微微搖晃的小腿……

她突然得到神助，小腿慢慢穩定。臉上的表情，像搖動後靜止的咖啡。

「很好啊！你可以做到嘛！」老師讚美，「下次，要自己撐起來。」

瑜伽練習的最後一個動作，是「攤屍大休息」，意思是整個人背躺在地上，兩手張開成大字型。這時老師會把燈關掉，讓同學休息五分鐘。

明麗睜開眼睛時，燈已經關了又開了，其他同學也走光了。老師在角落，整理瑜伽磚塊。

「抱歉，我睡著了！」她爬起來，迅速把自己的瑜伽墊和磚塊，收到老師旁邊。

「沒關係，」老師說，「上課很累喔！」

「上『課』不累，上『班』很累！上課反而會讓精神好起來。」

「你最近進步很多。」

「哪有？我頭倒立還是做不起來。」

「我今天有注意看，比上次進步多了！在家沒事就伸展一下，進步比較快。」

「自己一個人在家要練很難。」

「那就找個伴一起練！」

他突然直視她的眼睛，問：「這禮拜六下午你有沒有空？」

「禮拜六？喔……我要看一下……」

其實她到下個世紀都沒事。

「禮拜六下午有個特別的課程，專門練習呼吸。歡迎你來，可以先到櫃台登記。」

6

離開瑜伽教室，在電梯中看手機。

沒有未接來電、LINE，或簡訊。訊號和電池都滿格。

做完瑜伽的晚上，通常睡得比較好。但那晚卻睡不著。12點上床，折騰到2點，索性起床。

她倒了一杯水，走向餐桌，屁股坐在右邊小腿上。拿出手機上臉書，看到南西還在線上。

「還沒睡？」她敲南西。

「加班，跟同事討論事情。你怎麼也沒睡？」

「睡不著。羨慕你，半夜還有人可以打電話。」

「有什麼好羨慕的。你也可以打啊！」

「半夜兩點打給誰不會失禮？」

「台灣大車隊。你一打他們就來，誰會這麼周到！」

明麗笑。

她放下手機，閉起眼，深呼吸。

鼻吸、嘴吐。鼻吸、嘴吐……

她看到高中時打鼓的那個女生。那個女生儀態完美、耳聰目明，沒有任何事難得倒她。

為什麼長大後，她卻一點一滴地失去自己的天賦？

她看到那個女生放下鼓棒、摘下樂隊的帽子、卸下鼓、跪著，頭放進兩手之間，兩腿往後，慢慢抬起……

她看到那個女生，做了一個完美的頭倒立……

四月

1

清明假期，她待在家。

她喜歡假期，因為可以補眠，看一些平常沒時間看的電影。這時，她慶幸自己單身。不必為任何人早起、被任何人吵醒、配合任何人的行程。

但醒來後，她也討厭假期。不需要上班，Email信箱靜得像墓地。落地窗前灰塵慢慢飄起，家裡和街上都沒有聲音。

好不容易，等到下雨聲。她坐在牆角，窗戶上飄著雨絲，屁股上長出苔蘚。

她眼睛睜著，但狀態是關機。直到手機上亮起世傑的訊息。

「嗨，明麗，最近好嗎？週末吃飯？」

文字正經，但意圖明顯。她看得出來，她最近才發過這樣的訊息。

世傑是位牙醫，他們認識快十年了。當年還一起去看過電影，她記得是《暮光之城》。他選的，她附議。她還記得片中，在樹林裡，吸血鬼男主角說：「獅子愛上了羔羊。」人類女主角說：「好笨的羔羊！」男主角說：「好病態的獅子。」才講完，男女主角就愛上了！

但世傑和她並沒有愛上。

上次吃飯是兩年前，星期六的晚餐。相約時，她以為是兩個人。沒想到他出現時帶了一位她不認識的男性朋友，沒有事先告訴她。那位朋友從頭到尾在談他在南非的投資。一頓飯下來，對遠方的南非有了了解，但近在眼前的彼此還是不認識。

兩年中有一次在宴會場合巧遇，他旁邊有名女子。但在那種20桌的場合，寒暄只能到脖子的高度。至於旁邊女伴，也無暇介紹。

那次的「3P晚餐」，讓她認定世傑只把她當哥兒們，所以他不是她約喝咖啡的對象。

「這種陰魂不散的男人最可怕，」南西說，「一、兩年飄過來一次，然後又飄走。」

明麗看了一下世傑臉書，有女人，但沒持續出現。

但有持續出現的男人。

「那是GAY囉！」南西鐵口直斷！

「那幹嘛一直約我？」

「搞不好是雙性戀！」

「在你的世界，每個未婚的男人不是GAY，就是雙性戀。」

「喔，傻孩子，已婚的也是喔！」

明麗回了世傑。不是出於期待，而是出於好奇。她好奇自己除了讓男人良心發現外，還有沒有別的。

「我很好。你呢？週末吃飯好啊，你想約什麼時候？」

「星期六晚上七點好嗎？」

2

禮拜四下班，手機突然響。阿成說在公司大樓門外等她。她匆忙收拾東西，離開公司。

「我下午打你公司電話，你語音信箱的聲音怎麼這麼冷漠？一點都不像你！」阿成模仿，「『我是明麗，我現在不在座位，請留言，我會盡快回電。』」

「那是專業好不好！」

「太專業了！沒人敢跟你們做生意了！」

「現在很少人會在辦公室的電話留言啦。」

「來，今天烘好的咖啡豆。」阿成拿出一包東西，直接塞進她包包。動作很自然，好像那是他自己的包。

「幹嘛這麼麻煩，請快遞送不就好了？」

「找藉口見你一面不行啊？」

「老婆知道嗎？」

「老婆去新加坡了。」

「你自由啦？」

「她在的時候也不管我。」

「誰管得了你？」

「有空一起吃飯？」

「好啊。去哪？」

「那就去新竹囉！」

那是他們剛認識時會做的事。一個念頭，就去新竹、宜蘭、澎湖、日本新潟縣，和任何不需要簽證的地方。

現在免簽的國家，比當時更多，但他們哪都不想去了。

現在唯一不發簽證給他們的，是年紀。

「新竹很遠耶！」

「還好啦！」

旋轉門外不斷流出大樓下班的人潮，把他們推向人行道。

要去那麼遠的地方嗎？

她看著他的眼睛。這個已婚、憑本能、少數她真正愛過的男人……

「怎麼去？」

「我有車。」

阿成帶路，邊走邊打量她，「還好你今天沒穿裙子……」

「怎麼說？」

走到停車場，阿成的「車」，是重機。

「喔……不、不、不……」明麗後退。

阿成把安全帽和外套拿給她，「放心啦，坐在重機後座，跟坐在沙發上一樣舒服！」

「我在沙發上不用戴安全帽。」

阿成不理會，幫她戴上安全帽、穿上外套。然後自己戴上、跨坐上去、發動重機。

明麗不情願地坐上車，咕噥著說：「新竹很遠，我們去新『店』好不好？聽說烏來山上有很多不錯的餐廳。」

半小時後，他們時速一百，不是往新店。

他們超過另一輛重機，阿成舉起大拇指跟對方比讚，對方按一下喇叭回禮。

她側著頭，抱著阿成。這種距離，不就回到「Fuji Rock」了嗎？

紅燈時，阿成停下，轉過頭說：「背好癢，幫我抓一下。」

她猶豫，然後透過外套，輕輕抓了。

變綠燈，他加速。

她眼睛閉著，但卻清楚看到，過去他們交往時，一幕一幕的畫面……

她的耳朵開著，卻聽不到自己心中，一句句警告的聲音……

3

新竹，沒有她想像地遠。但風，和風險，比想像地大。

「這頂安全帽好重，我頭都昏了！」明麗脫下安全帽。

「你頭都扁了！」阿成撩撥明麗的頭髮，明麗閃開。

「誰叫你要留長髮！」他說：「我比較喜歡你以前短髮的樣子！」

「少來！你當年自己說喜歡我留長髮！」

「哪有，你記錯了啦！」

他們到城隍廟吃潤餅，日光燈招牌、不鏽鋼餐桌、免洗餐具、輕而易倒的塑膠椅。這是她當年留短髮時，常會光臨的小店。

「記不記得我們以前來過這裡？」在攤位前排隊時，阿成轉頭對明麗說。

「有嗎？」

「你竟然忘了！」阿成誇張地大叫。

「你記錯人了吧！」明麗陪他玩，「說！你是跟哪個女人來的？」

「哪個女人？就是這個女人！」他指著明麗，跟路人討公道。

明麗真的不記得了。

是我記性退化？還是刻意不要想起？

「你當時還看著這個招牌，說：『哇，這家是１９０６年開的耶！１９０６年是民國幾年啊？』」

「１９０６年民國還沒成立吧！」明麗說。

「就是啊！」阿成叫道，「當時我就是這樣講，我說：『１９０６年，是民國……前，幾年吧！』」

這下明麗想起來了，但表情仍然裝無知。

何必說歷史呢？不管是民國前的歷史，或是我們的歷史。

她突然不想吃潤餅了，她想換成米粉湯。米粉湯那攤，歷史應該沒這麼悠久吧！

吃完潤餅，阿成帶她去城隍廟拜拜。

「你今天很怪喔！」明麗說，「大老遠跑來新竹，還突然拜神明？你什麼時候相信過神明？是不是跟老婆吵架了？」

「噓……」阿成打斷她，「肅靜！」

他走到廟前，虔誠參拜，她站在後面觀看。

「你不拜一拜？」他轉過頭來問。

「拜什麼？」

「拜姻緣。」

「范謝將軍，是拜姻緣的嗎？」

「後殿有月下老人啊！」他帶她走到後面，「求個紅線？」

「沒有男主角怎麼求紅線？」

「我可以代勞！」

明麗苦笑。

「或是你要拜十二產婆，直接求個孩子？」

明麗假裝沒聽見，獨自走到月下老人前，低頭一拜。

她向外走去，在門口，看到一幅對聯：

「世事何須多計較，神天自有大乘除」

「下一站去哪？」阿成興致勃勃，「消防博物館？」

「乾脆去科學園區好了！」明麗反諷。

「好啊！」阿成配合她，「我們可以住國賓大飯店，明天去六福村。」

「拜託喔！」

「不喜歡六福村，那小人國也可以。」阿成越來越high。

明麗不想去消防博物館，但知道必須滅火了，「我們回台北吧。」

「這麼早回去幹嘛？你家又沒人。」

「這麼早回去，因為你家有人。」

「我老婆在新加坡。」

「家不只是那棟房子。」

她往停車的地方走去，阿成默默跟在後面。

他們坐上重機。

「那我們去新店？」阿成說，「有人跟我說，烏來山上有很多不錯的餐廳，可以泡湯。」

「泡湯？」

「我們去日本時，你不是最喜歡泡湯？」

明麗在後座沈重地呼吸。她生氣了。她氣阿成明顯的企圖。他們都知道，這企圖會破壞一切。

阿成遲遲不發動重機。

然後阿成突然把手伸到後面，放在明麗大腿外側。

他沒有說話，也沒有轉頭看她，似乎她的腿是重機的把手，他的手理所當然應該放在那。

她沒有說話，沒有抵抗。她生氣，但覺得溫暖，像蓋上被子，或躲進保溫瓶。

她閉上眼睛，幻想這不是阿成的手，而是未來「神天大乘除」後，她會遇到、愛上的某個單身男子。剛才她拜的月下老人顯靈了，用這一隻手，跟她預告未來的幸福。

有何不可呢？她需要溫暖，而阿成示好了一整晚。

阿成的手開始慢慢在她大腿上移動……

這不是夜店裡第一次見面的男人，不是只見過兩面的士哲。這是她認識了五年，曾經相信過、愛過、親密過，直到今天還關心她的男人。

他們的愛情結束了，但友情，甚至親情，一直都在。甚至被各自的不快樂，釀得越來越濃。

他已婚，但不幸福。那跟我無關，我不需負責，也不必過問。

我只是把阿成生命中一個晚上的時間，用消毒過的手術刀切割出來，而且還是在新竹，這個沒有人認識我們的地方。我們在這沒有戶籍、不必繳稅。不管是所得稅，或婚姻稅。

她的手抱著阿成的腰，慢慢夾緊。

阿成發動重機，衝向目的地。

她腦中閃過阿成老婆的臉。她是新加坡人，有著南洋艷陽的笑容。他們要結婚時，她和阿成親自送喜帖來。

「你是阿成的好朋友，希望你能來！」她用新加坡腔調的國語說。

「我是阿成的好朋友，我當然會去！」她用高估自己EQ的國語說。

「婚禮過後，我們喝杯咖啡？」

「我帶你去，我最喜歡的咖啡店。」

她一直抓著明麗的手，阿成在旁邊一句話都沒說。

婚禮那天，她送完禮金，拿了兩人結婚照的小卡片，卻走不進會場。

「小姐您的大名是？」帶位先生問。

「不好意思我去一下洗手間。」

她離開飯店，躲到對街摩斯漢堡的洗手間。久久出不來，門被敲了三次。「小姐您還好嗎？」服務人員在門外問。

「還好！還好！」

洗手時，她看到牆上的小標語，「柔和的牆壁色調和燈光，讓您有個輕鬆舒適的用餐環境。」

她是一個好女人，有柔和的色調和燈光，適合阿成。

但她沒辦法真心為他們高興。

紅燈，阿成催油門，引擎呼嘯……

她耳中響起那天在公司做安全檢查時，業務主管跟她的對話。

「一定要呈報嗎？」業務主管說。

「這不只要報到公司，還要報到主管機關？」明麗說。

「報到主管機關不就要罰錢？不報不就沒事了！」

「不報的話，被抓到更慘！」

「主管機關怎麼會知道？」

是啊，業務主管說得對！主管機關怎麼會知道？她當初不該把那個小違規報上去的。畢竟，那是客戶和業務之間，你情我願的安排。

阿成大轉彎，她抱得更緊……

她腦中閃過士哲的臉。他現在正得意地對哥兒們說：「你看吧，那些女生滿口仁義道德，要男人避嫌，最後自己還不是貼了上來！」

然後在下一個居酒屋，下一次約單身女子出來時，士哲會更有自信地，執行他那一成不變的招數。會有女生，像明麗一樣抵抗。也有女生，願意跟他們玩。

陪著玩下去，會是怎樣？

夜色很暗，南洋的艷陽下山了。她的那些原則，還鎖在居酒屋的置物櫃中。

車速太快，把士哲和阿成老婆的臉吹散了。她重新看到阿成的手掌。國賓飯店也許太高調了，這裡有很多民宿，裝潢都像家。

她想回家，進門後丟了鑰匙，直奔臥房，倒在已經躺在上面的某人懷中。卸下所有的期待、猜測、防備、渴望。不再做任何檢查、稽核、防弊、風險評估。就做個嬰兒，沒有任何責任、承諾、時間表、待辦事項。盡情地任性、倔強、不講理、瘋狂。

這是一場沒有觀眾的馬戲，我是沒人接的空中飛人。我還要跟外面那些陌生男人糾纏多久，才能累積跟阿成的百分之一？我還要喝醉失態幾次，才能搞清楚對方約我的真正意圖？為什麼我總要挑難走的路，把自己搞得體無完膚？可不可以休兵一晚，就當作這是急診？我，不能耍賴一次嗎？

阿成似乎讀到了她內心的獨白，闖過一個紅燈。

我，不能耍賴一次嗎？

阿成騎到最近的旅館，他們都等不及騎到國賓。

他們走進房間，阿成把她推到床上。她的背撞到床頭，痛得叫了出來。

那叫聲似乎是一種鼓勵，讓阿成更為粗暴地向她襲來。他的動作，不像是復合的溫柔，而像是復仇的懲罰。

這不是她想要的，但她順從。因為她的慾望，像青苔般爬滿了整張床。

她聽著自己喘息的聲音，她的心跳時速超過一百公里。

「**我是明麗，我現在不在座位，請留言，我會盡快回電。**」

她現在的聲音，跟幾小時前在公司答錄機上的「專業」聲音，如此不同。她不在「座位」，她不在任何地方。

阿成拿出保險套，她睜開眼睛。

他撕開包裝。這無聲的小動作，卻在明麗耳中發出淒厲的斷裂聲。像是她體內一條筋，活生生被撕開。

她醒了。

她看著阿成的婚戒，和自己的左手腕。

床上的青苔，瞬間變成流沙。

她看到那個看了卡通後離家出走的小女孩，背著書包，從流沙中奮力地爬出來，咬著嘴唇，向家裡跑去。她跑了好多好多年，因為家，不只是那棟房子……

她慢慢後退，退到床頭，然後轉過身，爬起來。

「怎麼了？」

她往門口走去，他從床上跳起來抱住她。

「明麗？明麗？」

她努力掙脫，連阿成都被嚇得放手。

「你怎麼了？」

「我愛你……」她的眼淚流出來，「但我們不能這樣……」

那是那晚，她說的最後一句話。

4

他們騎回台北，一路上沒多講話。只有阿成在休息站問：「要不要上廁所？」

他們沒有討論或定義旅館的事。彷彿那只是一場電影，情節很離奇，但畢竟是虛構的。看完了，拿起剩下的爆米花，丟到外面的垃圾桶，就算是結束了。不值得多談，未來也不會再看。

他送她回家，阿成說：「咖啡要趕快喝喔，烘好太久不喝，就不好喝了。」

她點點頭，拍拍阿成送她的咖啡豆，好像拍懷中熟睡的嬰兒。

不只是咖啡，他們也「烘」好太久了。

第二天她走進公司大樓，經過昨晚阿成等她的門口。她繞了一圈，檢視地面。是什麼力量，讓她昨晚跟著他走？

她擠進電梯，跟著大家一樣面無表情地看著前方。

樓層到了，她被擠出來。

她走到座位前，打開包包，阿成送他的那包咖啡豆掉了出來。

她把咖啡豆放在桌前。心想：中午出去時，得把豆子拿去磨一磨。

「怎麼會有咖啡？」旁邊的Jenny問。

「朋友送的。」

Jenny拿起來聞一聞，「口味偏酸？還是偏苦？」

也許都有一點。

電話響起。她開始忙碌的一天。星期五，照理說是比較輕鬆的，但電話像久治不癒的咳嗽，無法控制地響個不停。

她的思緒，也咳個不停。

5

禮拜六，明麗睡到中午，拿起床前的手機。世傑傳訊息：

「記得今晚見面嗎？我有朋友從北京來，你介意我們一起嗎？」

又來了！人真的不會變。你還是喜歡臨時來這種三人行的遊戲。

她回頭繼續睡，下午兩點才醒。

新竹行的震驚還沒消退，她沒力氣再接這種變化球，躺在床上回：

「如果你忙就算了，我們改天吧。」

他立刻回覆：

「不忙不忙，只是想介紹大家認識。沒關係，那我們還是自己見面好了。你想吃什麼？」

「你決定吧。歡迎你朋友一起。」

世傑約在民生社區，七點晚餐。她四點就坐公車過去，想去那邊的咖啡廳坐坐。上了車，司機的駕駛技術超好，她靠著車窗，唏哩呼嚕又睡著了。頭輕輕撞窗，夢裡聽起來，像是高中樂隊時打鼓的聲音……

睜開眼，一個穿著制服的高中男生看著她。她直覺地抹抹嘴，表情尷尬。她看向窗外，過站了。她站起來往前衝，男生叫道：「小姐，你的水壺！」

她回頭，拿起水壺，對那男生一笑。那男生的笑容很溫暖，像水壺裡的熱水。

你看，台北還是有很多好男人！

過站了，但時間還早，她索性散步。她很喜歡民生社區狹窄巷道中濃密的樹，像老船長的落腮鬍。下午的陽光打下去，躺在地面的陰影和直立的老樹互相唱和，變成一首協奏曲。

她走進民生公園旁邊的巷道，站上人行道和草地之間的矮牆。她像小女孩，在矮牆上行走。右邊是公園，左邊是住家。公園裡，小朋友打壘球，遠遠傳來叫鬧聲。左邊的公寓雖舊，但有幾戶把陽台打掉，變成整面的落地窗，屋內優雅簡潔的裝潢一覽無疑。她用手機拍下，傳給南西：

「我們一輩子買不起的房子！」

南西立刻回覆：

「房子不重要，房事比較重要！」

她準時到餐廳，世傑和他朋友還沒來。

「小姐，要先點飲料嗎？」

「我先喝杯熱咖啡。」她怕待會打瞌睡。

他們一起走進來時，她咖啡都喝完了。

世傑和北京來的朋友有說有笑、旁若無人地走進來。南西如果在現場，一定會在桌下踢明麗：你看吧，我就說是ＧＡＹ。

她的同志雷達不像南西那麼敏銳，但連她都懷疑他們真的是一對。世傑的朋友，有點年紀了，但看起來精神奕奕。

「明麗，這是阿川！阿川，我朋友明麗。」

「明亮的明？美麗的麗？」阿川說。

「是名利雙收的名利。」明麗自嘲。

阿川笑。

「你是台灣人？」明麗問。

「是啊！」

「世傑說你從北京來？」

世傑說：「我說他從北京來，沒說他是北京人。」

阿川說：「就像世傑說你很美，沒說你是美國人。」

這……這……這是笑話嗎？

她捧場地笑了。

「我沒這麼說，他亂掰的。」世傑說。

「我猜也是。你對我的誤解應該沒這麼深。」明麗笑。

「他對你應該很了解吧。聽說你們認識十年了！」

「沒錯。但十年只見過三次面。」明麗說。

「像陳奕迅那首歌，十年之後，我們還是朋友。」世傑說。

「不是仇人，就謝天謝地了！」明麗說。

「當初怎麼認識的？」阿川問。

「第一次是在DVD出租店。」世傑說。

「這年頭還有人去DVD出租店？」阿川說。

「可見我們多老了。」明麗說。

「是一個星期五晚上，」世傑說，「我走進店裡，一眼就看到這個女生。」

「驚為天人嗎？」明麗睜大眼睛。

「比較像是暴殄天物！漂漂亮亮的女生，卻穿著一雙拖鞋，一條像是抹布一樣的褲子。」

「哪有！」

「我來回走了兩圈，不知該怎麼搭訕。然後看到她拿起一部新片，就對她說：『這部片很好看，值得借！』」

「你膽子真大！」阿川說，「你怎麼知道她沒有男朋友？」

「我想，這麼邋遢的女生，應該沒有吧！」

「應該是這麼居家的女生，一定名花有主了！」阿川說。

「名花有主，星期五晚上會一個人去租ＤＶＤ？」

「你怎麼知道她男友不是去停車？搞不好人行道上閃燈等她的就是她男友。」

「我當然不知道，但當時她看起來，就是單身的樣子。」

「單身是什麼樣子？」明麗問。

「好像我的病人坐上椅子，我根本還沒做任何事，他們全身就開始緊繃……」世傑說，「單身的人，就像看牙的病人，看起來就有點緊繃。」

「喔，是嗎？」明麗說，「那你猜我現在單身嗎？」

「鐵單身！」世傑說。

「我倒覺得你正處於分手與復合的掙扎之中。」阿川說。

世傑不信，「處於分手與復合的掙扎之中，外表是怎樣？」

「像拔完牙，麻藥過了，開始感覺痛的樣子。」阿川說。

「所以答案是？」世傑問。

「為什麼要我先說？你們先坦白。」明麗反問。

「這麼快就要玩真心話大冒險了嗎？」阿川問。

還沒喝酒，沒人願意坦白，所以他們點菜。

看完菜單，她看阿川。

他的白髮已經不聽使喚地衝上額頭，雖還沒佔領整個頭頂，但已在各角落紮營。

45？50？55？這把年紀，應該結婚了吧！如果未婚，應該是離了。要不然就是，「另一陣營」的朋友？

「小姐吃什麼？」

「我點牛排。」

「要做幾分熟呢？」

「五分。」

「先生？」

「蔬菜燉飯。」阿川說。

「我點鮭魚好了。」世傑說。

「你吃素啊？」明麗問阿川。

「沒有很嚴格，就是盡量吃清淡一些。」

「宗教原因？」

阿川搖頭。

「環保？」

「沒那麼偉大。」
世傑指著心臟說：「是這裡的問題。」
明麗瞪大眼，「心臟？」
世傑說：「心態。他覺得人的靈魂會變成動物……嗯，你是怎麼說的？」
阿川解釋：「我們死後，靈魂會去尋找下一個軀體，這軀體可能是人，可能是動物。如果我們吃動物的話……」
明麗銜接，「就等於吃人？」
阿川點頭。
「要不要改點沙拉？」世傑問明麗。
「不、不、不，我還是喜歡吃我的肋眼。」明麗說，「我吃到的應該都是壞男人。」
「碰過很多？」阿川問。
「喔，經驗豐富。」
「怎麼會？你不是壞男人喜歡的型啊！」世傑說。
「什麼意思？壞男人喜歡哪種型？」
「說不上來，但你不是。」
「瞧不起人！」明麗不服氣。
「恰恰相反，被壞男人看上，不是什麼光榮。」
「光不光榮，我們自己決定。」
「我同意，壞男人應該不會看上穿拖鞋的女人。」阿川補一槍。

明麗轉變話題，「你怎麼會把肉跟靈魂想在一起？」
阿川：「不是我想的，是畢達哥拉斯想的。」
明麗：「畢達哥拉斯是誰？」
世傑：「我第一次聽到以為是好萊塢的明星。」
阿川：「那是畢雷．諾斯。」
明麗：「畢雷．諾斯又是誰？」
阿川：「不重要！『畢氏定理』記得嗎？」
明麗：「哇，我20年沒聽過這四個字了。」
阿川：「20年……讓我算算你幾歲……」
明麗：「喂，不要岔題！『畢氏定理』學過，但忘光了。」
阿川用手勢輔助，「直角三角形，直角的兩個邊，一邊的長度的平方，加另一邊長度的平方，等於斜邊長的平方。」
世傑：「想起來了嗎？」
「真不願想起來。」明麗做出痛苦表情，「我從來不知道『畢氏定理』跟我的人生有什麼關係？我每天上下班，從來不會接觸到直角三角形。」
世傑：「我每天都會接觸到。我很多病人，坐在診療椅上的姿勢，就像一個直角三角形。」
阿川笑：「你們覺得不實用，但畢達哥拉斯認為數學可以解釋世上一切的事物。」
世傑：「佛洛依德說性才可以解釋一切。」
明麗：「在我的世界，我媽解釋一切。」

阿川笑出來，「那我想認識你媽媽。」

「你們應該談得來，她數學很好，算我的年紀特別精準。」

「你媽待會在家嗎？」

「他們星期六晚上出去練氣功。」

「那太好了！我正好可以跟他們切磋。我學過氣功，可以幫人打通血路。」

「什麼狀況需要打通血路？」明麗問。

「很多啊！身體僵硬、腰酸背痛……」

「喔，這我媽有經驗！她帶我去看過一個老師。」

「什麼老師？」

「一個很漂亮的老師。她坐著，要我躺在她胸前，然後她雙臂從我背後伸到前面，緊抱著我的肚子……」

阿川和世傑深呼吸，想像那情景。

「我背壓著她的胸，有點不好意思……」

「她身材太好了？」

「沒錯！我們維持那姿勢，她每個幾秒鐘就突然猛力抱我一下……」

「這是什麼怪招？」

「真正怪的是，她每次猛抱我，我們兩人會一起打嗝。」

「哇……」世傑讚嘆，「我想試試。有健保嗎？」

阿川調侃，「你一定也會有反應，只不過未必是打嗝吧。」

三人笑。

「那老師幫你看好了嗎？」阿川問明麗。

「有時候還是怪怪的。」

「要不要我幫你喬一下？」

「先講你治療的姿勢是怎樣，我再考慮。」

「絕對是你媽媽可以旁觀的姿勢。」

服務生上菜。三人拿起刀叉。

「等一下，你剛才沒講完。那畢氏定理，跟吃素有什麼關係？」明麗問。

「喔，畢達哥拉斯除了是數學家，也是哲學家。人死後靈魂會去尋找下一個軀體，就是他說的。」

「喔……」明麗終於了解，「其實不必等到死後，有時候星期一早上的會連開三小時，我的靈魂已經去找別的軀體。」

「世傑說你在銀行上班？」

「做風險控管。」

「這是做什麼？」

「確保各部門的營運，都符合主管機關的法令和公司的內規，減低公司違法的風險。」明麗說：「你做什麼？」

「我開了一家公司，做人工智能，用電腦分析大量的醫療影像數據。」

「為什麼在北京做？」

「資金多、市場大。」

「做了幾年？」

「我在北京八年了，換過幾個題目，兩年前開始做人工智能。」

阿川繼續問明麗：「做風險控管……那你是律師嗎？」

「我像律師嗎？」

「你像老師。」

「教什麼的？」

「烘焙。」

「你是看體型嗎？」明麗自嘲，「其實我除了蒸臉，什麼都不會烘。」

那餐廳會烘焙。服務生上來點甜點。

「你們點吧，」世傑說，「我很少吃甜的。」

「職業病！」阿川說：「明麗，我們點。」

明麗點了起士蛋糕、蘋果派，和布朗尼。但隨即對阿川說：

「你吃素，可以吃蛋糕嗎？有牛奶耶！」

「沒那麼嚴重啦！」

「要咖啡嗎？」服務生問。

只有明麗舉手。

「世傑說你喜歡喝咖啡。」阿川說：「不會睡不著？」

「常常。但不是因為咖啡。」

「世傑說你很多愁善感，看《暮光之城》還會掉眼淚。」

「世傑好像跟你說了很多我的事？他都沒跟我說你的事。」

「你沒問啊。」世傑說。

「世傑也沒說什麼。他只說他喜歡過一個可愛的女生，想帶我去看看。」

「這把年紀還被稱可愛。世傑真是仁心仁術的好醫師！」

明麗沙盤推演：

一、世傑喜歡過她。

二、世傑覺得她可愛。

三、世傑不是ＧＡＹ。

「我哪有這麼說！」世傑反駁。

「那就是你的人工智能有問題！」

明麗迅速修正：

一、世傑可能說過，也可能沒說過這句話。

二、如果世傑說過，之前三項結論依然成立。

三、如果世傑沒說過，那就是阿川「借刀殺人」。

四、我累了，這把年紀了，不想再用沙盤了。

「喂，陳明麗！」世傑叫她，「靈魂去找別的軀體囉？」

「沒有沒有，」明麗回神，「靈魂剛才去洗手間。」

阿川去了洗手間，留下世傑和明麗。世傑從包包中拿出一包面紙擦嘴。

「要不要？」世傑把面紙遞給明麗。
明麗搖頭。
「牛排好吃嗎？」世傑問。
「很棒！你們兩個人加起來吃得還沒我多。」
「最近都好？」
「很好啊！最近公司沒有被告。」
「標準這麼低？」
「知足常樂。那你呢？」
「最近忙壞了。診所有位醫師出國旅行一年，病人都轉交給我。」
「好棒！出國旅行一年。我也想去！」
「我也想！」世傑說，「要不選個地點，我們一起去？」
明麗沒有接話，他們並沒有這種交情。
「也許沒辦法一年，一個禮拜總可以吧？你什麼時候有假？」
明麗還沒來得及，也不知如何，回答。阿川走了回來，沒坐下，直接說，「要走了嗎？」
世傑和明麗對看一眼，慢慢站起來。
走出餐廳時，四月的涼風吹來，本應讓人清醒，但明麗更迷惑了。
阿川叫道，「你聞，這樹的味道！」
我怎麼沒聞到？
世傑回應：「只有春天有這種味道！」

你們倆倒是心有靈犀！

「你們怎麼走？」阿川問。

「我坐計程車。」世傑說。

「你車嘞？」阿川問。

「唉，一言難盡。」世傑說。

「車子怎麼會『一言難盡』？你一副好像是講前女友的樣子？」明麗說。

「很接近了！」

阿川對明麗說，「我開車，你住哪？我送你？」

明麗不想讓世傑落單，於是說，「沒關係，我還要去我爸家，我坐捷運就好了。」

「民生社區哪有捷運？」世傑說。

「你爸家在哪？送你沒關係啊！我先送世傑，再送你。我還想跟你媽打個招呼嘞。」

「那你大概回不了家了。」

她想透透氣，婉謝了接送的邀請。

「好吧！」阿川說，「那你自己小心。你用微信嗎？」

他們當下在微信連結了起來，一旁的世傑說：「加了要常聯絡喔！」

明麗不解地看著世傑。

「那……我們去開車了。」阿川說。

「拜！」明麗揮手。

世傑邊走邊大叫：「明麗，考慮一下我剛才說的，一個禮拜！你一定抽得出空！」

他們離去的背影，還是有說有笑，和他們走進餐廳時一樣。

明麗拿出手機，吃飯時間，南西發了三個LINE。

「怎麼樣？北京哥帥嗎？」

「要不要我打電話救你？」

「喔，不回，有搞頭喔……結束後趕快回報！」

她不知怎麼回報。

她鑽進民生社區的巷道，下午的樹蔭，變成夜晚的陰影。愉快的晚餐，留下一堆問句。

世傑、阿川、明麗，變成一個直角三角形。畢式定理，適用於他們嗎？

五月

1

「明晚一起吃飯？」

阿成問，她沒回。

她回到家，走進廁所卸妝。她找卸妝乳，開櫃子的力道太猛，東西全掉了出來：梳子、髮環、口紅、眉筆、指甲刀、棉花棒、耳環……

那副耳環，是當年阿成送的。

她一邊撿一邊想，這副耳環已經不適合她了，為什麼她還放在這？

她關上櫃子，躲到沙發前，打開電視。名嘴正口沫橫飛地評論政局，誇張的表情和動作好像一場馬戲。

主持人說：「接下來我們換個話題，就是最近網友都在罵的這個銀行員工偷情事件。」

一位名嘴說：「小三偷情，想要脫身，卻無法自拔。孽緣！孽緣啊！」

「她為什麼想脫身？怕破壞這男的家庭？她跟他上賓館時已經破壞了他的家庭。」

「為什麼說是她破壞？是這男人帶她上賓館的。為什麼這種事情發生時，社會都把責任推給女人？」

「她真正怕的是破壞自己的名譽。畢竟她的家庭和公司都很保守，事情鬧大了，怎麼跟父母和老闆交代？」

「她媽媽應該會撞牆。」名嘴模仿撞牆的動作。

「她爸爸血壓會爆表！」名嘴舉起手臂，模仿被電擊。

「真正該撞牆的應該是她的銀行吧。你知道她在公司負責什麼？『風險控管』！『風險控管』耶！」

「她的銀行會出現擠兌！」

「她的銀行會第一時間開除她，撇清責任。」

「還要跟主管機關交代，報告寫不完了。」

「她幹嘛跟一個有婦之夫糾纏？她條件也不差，跟阿川、世傑這些男人交往不是很好嗎？」

「阿川、世傑又好到哪去？」

「至少單身吧！」

「阿川、世傑是一對啦！」

「那就只好跟這個有婦之夫囉！沒魚蝦也好！」

「唉，你們這些大男人，都太沙文主義了！」女名嘴說：「你怎麼知道這一切不是她自願的？那男的雖然強勢，也沒有拿槍逼她。她上了重機、去了新竹、進了賓館，她有很多機會逃脫啊！為什麼不逃？因為她也有情慾！她也想滿足！」

「可以因此破壞別人的家庭嗎？」

她看著電視玻璃上自己的倒影，名嘴的臉重疊在她的臉上。

是啊，這會不會是她自導自演的一齣戲？

她想找人聊聊。

她可以跟南西說。南西尺度開放，但就連她也會問：「你為什麼跟他進房間？」

她怎麼回答？

她用阿成送的咖啡豆泡了一杯咖啡。很酸，她整杯倒掉。

她倒在床上，做了一個夢。

她跟弟弟說：「我懷孕了，想在美國生這孩子，你可不可以收留我？」

弟弟說：「我跟Candy商量一下。」

Candy答應了。她辭掉工作，飛到美國。

她在家閒著慌，一早下大雪，雪停了，她挺著大肚子鏟雪。Candy回家後看到她在鏟雪，大叫：「大嫂，你肚子那麼大，怎麼能鏟雪！」

Candy把這事告訴弟弟。那晚，弟弟走到她的房間，「你這麼大費周章要生小孩，你真的那麼喜歡小孩嗎？」

「你以為我來遊學嗎？」

「我們每次帶Danny回台灣，你也沒有特別花時間跟他玩。」

「誰說的？我不是帶他去看電影！」

「Danny回來跟我們說，姑姑帶我去看電影，一直在打哈欠，有一段還睡著了。」

弟弟把鏟雪的事告訴媽媽，媽媽決定飛到美國來陪她。早上，她和媽媽一起坐公車去產檢。診間外面等候的大多是先生和太太，只有她們是太太跟媽媽。

她是高齡產婦，要做很多額外檢查。她在美國沒有保險，一切都得自費。工作十幾年來的積蓄，通通花光。

當驗出性別是男生那天，媽媽跟爸爸Skype：「花這麼多錢，還真的是如假包換的『金孫』。」

爸爸說：「你有個朋友今天來家找你。」

「誰？」

「他說他叫……阿成是吧？」

「就說我移民了。」

她決心切斷跟阿成一切聯絡。這樣對大家都好。

預產期那週，爸爸也來美國了。她剖腹產，所以不會讓老爸久等。約好時間去醫院，好像是約好去洗頭。

半年不見，爸老得好明顯。有些駝背，拎了一大箱嬰兒用品。

「台灣買比較便宜吧！」他說。

「爸，這些東西美國買才便宜。」

進產房時，一家人，爸、媽、弟、弟媳、姪子都圍著她。台灣的一切，工作、朋友、臉書上一千個朋友，突然都變得好遙遠，好像在另一個星球，或另一個世紀。她的生命只剩下這五個人。

醫生幫她裝上血壓、心臟監視器。麻醉師輕聲細語地說：「那我們要打麻藥囉……」

然後她就醒了。

醒來，她在台北，不在美國。看錶，半夜三點半。

她口乾，爬起來，走進廚房，喝了一口水。

她走到陽台，深呼吸。夜深了，巷子很安靜。但巷尾的玉蘭花樹正在喧鬧，風一吹，香味迎面而來。

她回到床上，關上燈，然後想起，隱形眼鏡還沒拿下。

隔一天上班開會時，眼睛還是紅的，她只好戴眼鏡。不巧，小紅也來了。

「對不起，我去洗手間一下。」

她冷靜地從會議室走出來，走回座位，拿起包包，走進女廁。關上門，坐在馬桶上。

她清理乾淨後，走出來，在洗手台洗手。

她看著鏡中的自己，從眼球到內心，都閃著紅燈。

淚水從紅眼邊緣慢慢流下……

她連忙用手去堵，「不能這樣！不能這樣！還要回去開會啊……」

淚水和小紅，一起進逼。她伸手抓擦手紙，一把抓了一大疊。

粗糙的紙，卻接不完眼瞼的淚。女廁的地板被淹沒了，擦手紙浮在水面，不知要飄到何方……

2

就像那些「名嘴」說的，明麗的工作是「風險控管」，確保各部門的做法符合主管機關的規定和公司的政策。講白了，就是公司的糾察隊。

這樣的工作性質，讓她上班時要跟各部門開很多會。有時苦口婆心，有時疾言厲色。

「最近公司內規改了，業務同仁反應去爭取新客戶時很麻煩，要做這麼多身家調查，客戶都不耐煩了。」業務主管跟她抱怨。

「美國的『肥咖條款』，客戶也都知道。我們依照法令辦事，保護客戶，也保護同仁。」明麗早已習慣業務主管的抱怨，回答起來和顏悅色。

「如果是大客戶，你明知他有美國籍，但他硬是不願揭露，這樣的客戶你接不接？」

「當然不接。」

那場會開了三小時。明麗把公司因應「肥咖條款」的規定一一說明。那簡報她已經在各分行做了十幾次，連PPT的順序都背起來了。她的眼神專注、語氣堅定，眼中閃出的光，比投影機的光束還亮。那三小時的她，跟前幾天在廁所裡掉淚的女子，不是同一個人。

正因不必看螢幕，她可以看到黑暗的會議室中，有同事低頭滑手機，也有人用手遮住打哈欠的嘴。這是糾察隊的宿命，沒有人會認真看待你，直到出了事。

她放慢速度：「這一段大家要注意了。去年在瑞士一家銀行的行員，就是因為這裡出了問題，一出瑞士國境，就被美國政府抓起來了。」

這句話有效，拿手機的立刻抬起頭。有人說：「不會吧……」

明麗乘勝追擊，「美國政府不只抓公司，也抓公司的職員。所以這些規定，除了保護公司，也是要保護大家！」

被美國政府抓的恐懼，只維持了幾秒鐘。散會時，大家搶著衝出會議室。

一位男同事留下來幫她關投影機，收回沒拿走的講義。

「我不知道法規這麼重要！我過去的公司，從來不談這些。」留下的同事說。

「法規一向重要，但隨著美國政府法規的改變，我們現在更小心。」

「你們這做這行，是不是都很保守？」
「是啊！當不了藝術家。」
「你想當藝術家？」
明麗搖頭笑笑，「我沒什麼想像力。」
「你太客氣了，你做簡報時很有魅力。」
明麗停下來，對他微笑。她不認識這位同事，他看起來很年輕。
「很少人會覺得這些法規有魅力。」
「我不是說這些法規有魅力，我是說你有魅力。」
走到茶水間，剛才跟她抬槓的業務主管在泡咖啡。他們共事很多年，在會議上要各自表達立場，私底下跟朋友一樣。
「上次那個客戶謝啦！」
「謝什麼？」
「我知道那個客戶的情況是灰色地帶，謝謝你幫我們背書。」
「沒什麼啦！」明麗笑笑，「畢竟公司要賺錢，我們才有薪水啊！」
「哇，你聽起來像業務！要不要調來我們部門？」
「想喔！恭喜你們這個月業績很好，紅利應該不少。」
「搞不好很多新客戶有美國籍我們不知道。」
「哎喲，你閱人無數，一定有辦法搞清楚啦！」
「我閱人無數，也會看走眼啊！比如說週末我一個客戶介紹一位新客戶給我，說是在北京的台商，做人工智慧，看起來很正常，但就是有點太正常了，反而怪怪的。我想摸他的底細，就是問不出來。」

她笑笑，離開茶水間，回到會議室，開始準備下一場簡報。

阿川回北京後還好嗎？

3

中午和南西見面，把週末的「直角三角型」晚餐說了一遍。

「喲，『第三盤』打得很順手喔。又是台商，又是牙醫。桃花不開也罷，一次開兩朵！」南西放下刀叉，像法官敲下搥子宣判。

「這是桃花嗎？」

「台商有傳微信給你？」

「沒有。」

「你有傳給他？」

明麗搖頭。

「沒接觸？怎麼摸清底細？你叫業務去做身家調查那麼嚴格，自己做身家調查怎麼這麼馬虎！」

「不一樣啊。」

「當然不一樣！」南西說，「公司出問題，有公司頂著。你自己出問題，只剩你自己。對自己的事，要更積極！」

南西立刻拿起手機，「叫什麼名字？我來查。」

「我搜尋過了，找不到。」

「那就有問題！」南西冷笑，「搞不好在跑路！」

「跑路怎麼會回台灣？」

「他在大陸跑路！」

「看起來不像！」

「唉，這些遠在天邊的人都不可靠，不要浪費時間了。」

對，不要浪費時間了。那天公司特別忙，她們匆匆吃完。桌上還剩兩塊麵包，明麗拿起紙巾、包了麵包、放進包包。

「不好吃，不要了啦！」南西說。

「不要浪費。帶回去晚上吃，最近都忙到八、九點。」

八點多，她還在公司，手機響了。

「嗨，我是阿川！北京大叔，記得嗎？」

不會這麼巧吧！中午還在說你。

「你還在台北？」

「早回北京了。」

「北京冷吧？」

「還好，習慣了。」

她離開公司，走出大樓，走進冷風。她需要吹一點靈感，才能繼續這段對話。

她走進捷運市府站，看著長長的電扶梯，有稜有角，卻沒靈感。

手機握在手掌，像沒有出鞘的劍。

她一個人站在長長的電扶梯，後面趕時間的人向前衝時撞到她。

手機握在手掌，像縮頭的烏龜。

走出電扶梯，她看到月台上電子螢幕上的時間。靈感來了，對啊！現在是吃飯時間！

「今晚吃什麼？」明麗問。

「待會回家煮個麵。」

「這麼簡單？」

「還要做抹茶蛋糕。」

「你會做蛋糕？」

「很簡單，你也會的。」

「這方面我是白癡。」

「想不想學？」

車來了，她擠進車廂。人擠正好，不必拉吊環，雙手可以空出來聊天。

「我連烤箱都沒有。」她說。

「不需要烤箱！」

「怎麼可能？」

「你先準備材料：蛋、牛奶、沙拉油、蜂蜜、黑砂糖。家裡都有吧？」

「我只有蛋耶 ><」她加上表情符號。

「牛奶都沒有？」

「喝完了。」

「沙拉油呢？」

「橄欖油行不行？」

「柴米油鹽都沒有，你很公主耶！」

「我才不公主。我連吃飯的時間都沒有，哪有時間做飯！」

「想不想從今天開始改變？」

她不想改變，更沒時間從今天開始。但為了讓這段對話繼續，她打下：

「蛋、牛奶、沙拉油、蜂蜜、黑砂糖。然後呢？」

「然後攪拌。再把篩過的低筋麵粉和發粉倒進去，攪均勻，最後鋪上榛果……」

「你又說了三樣我沒有的東西！喔，是四樣，包括篩子！」

「我看是六樣吧！你還需要一個瓷盤，把剛才那些東西倒進瓷盤。還需一個平底鍋，加點熱水，然後把瓷盤放進平底鍋，蒸25分鐘。」

「還要瓷盤！免洗餐具可以嗎？」

六樣東西有什麼難的？公司風險控管的清單上有兩百多樣，我也是一件一件完成！縱使是公主，我也是鐵扇公主！

「你現在在哪裡？」他問。

「捷運。要下車了。」

「@@！我也在地鐵！我也要下車了！」

她笑了出來，「你在哪一站？」

「大鐘寺。你呢？」

「善導寺！」

「走到月台了。」

「我也是。」

他們一起走到月台，接下來要去哪裡？

「我想再跟你見個面。你最近有機會來北京？」

「沒有。」

「那下個月我再回台北一趟。你會在吧？」

這些交錯的巧合，像捷運的路線。她可以沈醉在這樣的氣氛中，一路跟他簡訊到家，再聊其他的甜點或義大利麵。如果年輕五歲，那是唯一的選項。

但她的歲數貨真價實，她看著月台的電子鐘，時候不早了……

「六月初可以嗎？」阿川逼問。

她想起小林、士哲、阿成。她想跟全世界做朋友，但時間只剩這麼多。

「你結婚了嗎？有女友嗎？」她直接問。

他沒有回覆。

她離開月台，走出捷運站，一個人走在路上。一個簡單的問題，立刻把他帶走了。

她沒有去追他，那也是年輕五歲才會做的事。

她回到家，走進門，踢開高跟鞋，隨手扔了鑰匙，光腳踩在地板。

她找出橄欖油和紅酒，拿起包包裡午餐剩下的麵包，手機上挑一首法文歌，翻開一本巴黎旅遊書。

她想像自己坐在瑪黑區的露天咖啡廳，左邊的客人在講手機，右邊的客人在翻報紙，前方的衣櫥是畢卡索博物館的大門。

她把麵包撕成小碎片，慢慢咀嚼。曾經有個男生告訴她，一口要嚼30下才健康。

吃了兩口，手機響了。

「有個女友，在台灣。你呢？你有男友嗎？」

她繼續咀嚼，並拿起紅酒。

旅遊書上說，瑪黑區有家香水店，有專業的調香師為顧客調製特別的香水。

待會去看看。

4

連日加班讓她全身緊繃，她跟瑜伽老師約了一對一課程。

那天她提早下班，難得提前抵達教室。走進去時，老師已經老神在在地盤腿坐在那。還是他的標準配備：貼身背心和短褲。

室內燈都關了，只剩牆角四根蠟燭。不像教室，像地窖。

「今天有沒有哪裡要加強？」老師在黑暗中問她。

「全身都要加強！」

「那我們先從站姿開始練習。兩腳大拇指併攏，腳跟分開，背靠牆，肩也靠牆。」

明麗一步一步照做。

「背要完全靠牆……壓我的手……」老師把手放在她的背和牆中間的空隙，她把背放平壓牆。

「肩膀不能翹起來！」

老師把她的兩肩往牆上推，但這下子她的背又縮起來，離開了牆。

「吸氣，把肚子收起來，壓我的手……」老師的手還在她的背和牆之間。

老娘也想壓你的手啊！但就是壓不到嘛！

「現在把右腳抬起來，雙手抱著膝蓋。背和肩膀還是貼著牆，壓我的手……」

我連雙腿著地都壓不到你的手了，一腿離地哪有可能？

但明麗沒說出來。她咬牙切齒，努力想做到。

「嘴巴放輕鬆，記得呼吸……」

「背壓牆，不要駝背！」

她像是站在別人的背上，進退失據。

老師看到她的吃力，「把腳放下。背還是靠著牆，屁股往下移，想像自己懸空坐著。」

她照做，雙腳雖然90度懸空坐著，但背靠著牆，所以還算輕鬆。

「把兩手往前平舉，手心向內，」然後老師把一塊瑜伽磚放在她兩手間，「兩手拿著瑜伽磚，慢慢往上伸，碰到牆壁。」

雙腳90度、兩手往上、屁股懸空，這下子她覺得累了。

「大腿穩嗎？」沒等她回答，老師把腳踩在她的大腿上，她努力抵抗，小腿和舉在空中的雙手，都開始發抖。

「很穩！很好！」這是老師今天第一次的讚美。
「來，撐住，持續五個呼吸。」
可以三個就好嗎？
「好，把雙手放下……」老師收回瑜伽磚，「好，現在慢慢站直，身體靠牆，休息一下。」
明麗猛吸一口氣，汗水滴到瑜伽墊。
「來，我們現在面對牆躺下，腳掌貼著牆。」
耶！躺下，她最喜歡的動作！
她躺在瑜伽墊上，老師跪在她的墊子旁邊，然後把手伸進她背下的空隙。
她閉上眼睛……
「還是一樣，背和肩貼著墊子，收小腹，用背壓我的手。」
她把背貼在瑜伽墊上，眼睛閉上，她可以感覺到，他正注視著她的臉，或是她的胸？
他在想什麼？
也許他在想：「咦？我這學生怎麼做瑜伽還越做越胖？」
「好，現在把脖子墊在瑜伽磚上。」他把瑜伽磚放在她的脖子下，「然後身體慢慢往上移，讓瑜伽磚去按摩你整個背部、腰部。」
她慢慢移動，硬的瑜伽磚刮著軟的背，好痛。
「痛啊？」老師問，「平常電腦用太多囉？」
她忍住痛，不想被看穿。
上背、下背、腰、屁股……瑜伽磚像一台車，開在坑坑洞洞的馬路，不斷跳動，最後停在膝蓋下。

「我現在把瑜伽磚拿走，你用雙手把右腿拉到胸前，盡量靠近下巴……頭不要抬起來……然後換左腿……」

老師跪在她腳前，面朝她，用雙手壓她小腿，幫助她把膝蓋拉近下巴。

想壓我，也不是這種壓法！你這是泰式按摩嗎？

「會痛嗎？」

她咬著唇。

「受不了要說喔！」

她受不了，但不想示弱。

「受不了了！」最後還是服輸了。

「好，換左腳。」

天啊！

當他壓完她的左腳，她確定他是虐待狂。

「很痛嗎？」老師問。

廢話！

「滾瑜伽磚，可以看到你的腰很柔軟。但拉腿，就看出你的大腿很緊。」

她躺著，點點頭。感覺自己像歌唱節目的參賽者，聆聽老師講評。她閉者眼、低著頭。我需要有個淒苦的童年嗎？我需要有失敗十次越挫越勇的經驗嗎？我需要適時掉淚嗎？

「你是不是沒有安全感？」

這句話像天花板掉下一塊磚，她來不及閃。

「怎麼說？」她問。

「你聽過『七輪』嗎？人體就像一個小宇宙，從頭到腳有七個輪穴。」

「我只聽過高雄有個七輪燒肉。」她不壓抑地冒出這句，「你吃過嗎？」

「我吃素。」

「那『七輪』是什麼？」

「說法不同，大致上，從頭到會陰，是頂輪、眉輪、喉輪、心輪、太陽輪、臍輪、海底輪，各自主宰某些功能。」老師聲調放慢，「但你現在躺著這麼舒服，如果我現在解釋，你又要睡著了……」

「不會不會，我很清醒，你說。」

「你的腰，就是你的海底輪，很軟，代表你是一個感情豐富的人。」

「這是好事還是壞事？」

「那要看你信不信佛了？你有宗教信仰？」

明麗仍閉著眼，搖頭。

「你的腿，就是你的海底輪，很緊，代表你的心放不開。而放不開的原因，就是你沒有安全感。」

這是哪門子心理分析？

「你覺得我有安全感嗎？」她睜開一直閉著的眼睛，看著跪在一旁的老師。

老師笑笑，眼角的魚尾紋勾住了她柔軟的腰，沒有回答。

我的確沒有安全感。因為我的職業是風險控管，我隨時擔心公司會出事。

我的確沒有安全感。因為我36歲了，想結婚，但碰到的都是不適合結婚的男人。

我的確沒有安全感。因為燭光這麼浪漫，我穿著緊身衣躺在這，你穿著緊身短褲跪在我面前，而你想對我做的，只有心理分析。

六月

1

朋友們聽到她在銀行上班，總是發出羨慕的聲音。

「制度一定很好！」

「假很多！」

「可以準時下班！」

在薪資低、沒保障的就業環境中，銀行是除了公家機關外，少數相對穩定的工作。於是朋友編織了很多遐想：

「公司大樓很漂亮，樓下還有星巴克！」

「大家都有英文名字吧！」

「出差都住五星級飯店！」

「工作內容應該充滿挑戰性！」

以明麗的等級，出差當然沒住五星級飯店。而星期一早晨，當她站在兩台裁紙機前，看著機密文件慢慢滑進，並不覺得這工作有什麼挑戰性。

她從兩排裁紙機的下方拿出紙屑比較，「你看，」她跟Jenny說：「舊的這台是垂直裁切，有心人還是可以把裁過後的紙拼成原件。新的這台是交叉裁切，裁過後就死無全屍了！」

「好像穀類早餐喔！」Jenny說。

「接下來就是要大家習慣用新機器！」

「這有什麼難的？把舊機器搬走不就好了！」

「但如果大家不習慣，就乾脆不裁了。」

「反正我們會統一幫大家裁。」

「還是可能遺漏！」明麗強調，「只要一張該裁的沒裁掉，被稽核到，你我的飯碗就不保啦！」

「有這麼嚴重嗎？」

「你有聽到公司最近要裁員的傳言？」

「有啊。」

「那凡事還是看得嚴重一點比較好。」

「如果公司這麼沒保障，我們做這麼辛苦幹嘛？我還有自己的生活。」

「下班後你有自己的生活，」她們關掉裁紙機，一起走向女廁，「現在先去想想看怎樣推廣新的交叉裁紙機吧。」

「辦個穀類早餐大賽？」Jenny說。

「穀類早餐大賽？」

「反正裁出來的成果這麼像穀類早餐，就找一天請大家吃穀類早餐。強調裁紙的目標是『穀類早餐』！不是『拉麵』！」

明麗看著女廁鏡中的Jenny。

她老了。不只是因為女廁的鏡子對比出兩人外表的差別，也因為Jenny這些另類的創意。

下班前Jenny就寫好了「穀類早餐」企劃案。明明坐隔壁，她也用LINE傳。明麗打開，企劃案叫：

「『穀類早餐』對決『拉麵』！你挺誰？」

「你在策劃日本美食節目啊？」明麗LINE回去。

「不喜歡？ ><」

「沒有。但得想一想怎麼說服老闆。」

「今晚我請你吃飯，討論一下。不過我只能請自助餐。帳戶快空了，上個月的卡債也還沒還。」

「不用啦！我請客，我們去吃好的！」

2

那晚她們難得準時下班。為了掩人耳目，還把包包留在桌上，分別離開，好像只是去洗手間。

出了辦公大樓，往西餐廳走。夏天的夕陽，催明麗戴起墨鏡。

「你好有型！」Jenny看她，「墨鏡、高跟鞋、小皮包，不像在銀行上班，好像在廣告公司！」

「有什麼型？這些都是在網路上買的，哪像你用名牌！而且，別對廣告公司存有幻想。我朋友在廣告公司，薪水超低，天天加班，完全沒有你想要的『自己的生活』。」

「至少工作比較有趣吧！」

「每天寫報告，被客戶罵，你覺得有趣嗎？」

「現在哪個行業不是這樣？」

「至少我們老闆修養好，不會罵人。只不過他如果收到一封Email，標題是『穀類早餐』對決『拉麵』，他一定以為是垃圾郵件。」

「他的品味很難捉摸耶！」

「還好啦。跟他做久了你就知道。」

她們在餐廳坐下。

「小姐要先來點礦泉水嗎？」服務生問。

「我可以點調酒嗎？」Jenny問明麗。

「當然！」

「那我點『Around the World』。」

「我喝白開水就好，」明麗放低音量，「你點『失身酒』耶！」

「看我多信任你！」

酒精有利於八卦，一下子，話題就開始「環遊世界」。

「有人說老闆的老婆在二樓那家公司，你見過嗎？」Jenny問。

「有聽說，沒見過，但想見。我想看看誰能忍受這麼機車的男人！」

「我真佩服你能跟他做那麼久，還讓他那麼倚重你！」

「倚重？他只是在壓榨我！」

「有一次下班我在電梯遇到他，從23樓到1樓，他一句話都沒跟我說。」

「那你有跟他說嗎？」

「我說『老闆好』。」

「他說什麼？」

「『你好。』」

「哇，你們聊得好融洽喔！」

「所以我佩服你跟他開會能開三小時！」

「都是他在說，我只是去聽演講。」

兩人大笑。

「跟老闆相處沒什麼，都是經驗啦！」明麗說。

「我羨慕你的經驗。」

「我還羨慕你的年紀嘞。」

「有什麼好羨慕，每個人都年輕過。」

「你的年紀可以換我的經驗，但我的經驗換不回你的年紀。」

「沒關係，有脈衝光啊！」

餐點上來，她們當然沒聊「穀類早餐」企劃案。

「週末去哪裡？」明麗問。

「上禮拜累死了，週末大昏迷，很廢！」

「睡了兩天？」

「禮拜天有跟朋友到海邊。」

「這麼勇敢！禮拜天太陽很大耶！」

「所以才要把握啊！我們躺在沙灘上，睡了一整夜。」

「好浪漫！到我這年紀，你只會躺在沙『發』上，睡一整夜。」

Jenny的手機連續響，她瞄了幾眼，沒回。

明麗猜是男友，便問：「跟Jimmy最近還好嗎？」

Jenny聳聳肩，「老樣子。我們前幾天一起去逛IKEA。」

「幹嘛，想成家啦？」

「買不起房子，就逛逛IKEA，幻想一下家的感覺。」

「窮沒關係，有愛就好。」明麗安慰地很勉強，連自己都沒被說服，「你們交往多久？」

「大學開始，七、八年了。」

「不簡單！現在年輕人很少這麼穩定的。」

「他很穩定，我不穩定。」

Jenny拿起手機，滑出剛才那些訊息，「這個大叔，最近一直纏著我。」

「大叔？」

「五十幾歲了吧，我沒問。頭髮白了一大半，但是屬於好看的那種白。」

「像理察．吉爾那樣？」明麗問。

「理察．吉爾是誰？」

「不重要……你怎麼會認識五十幾歲的男人？」

「同學的生日上認識的。」

「同學的爸爸？」

「來插花的不速之客。」
「他結婚了嗎？」
「離了。」Jenny說。
「有小孩嗎？」
「兩個。」
「那你們哪有可能？」
「什麼哪有可能？」
「哪有可能在一起？你可能當別人的後母嗎？」
「我又沒有要跟他在一起。」
「那這些訊息，不回就好啦！」
「我都會回。」
「幹嘛回？」
「等一下，其實我未必會回。有時他傳一些向善文給我，像我爸傳的那種，我就不回了。」
「你有戀父情節喔！」
「什麼戀父情節？我們就只是吃吃飯、喝喝酒、唱唱歌，去馬來西亞玩玩。」
「去馬來西亞？你們一起出國？」
「對啊！蘭卡威。」Jenny的表情很平淡，「你去過嗎？」
「沒有。好玩嗎？」
「印象不深，都待在旅館。」

「就你們兩個？」
「難不成他還帶他小孩？」
「那你怎麼跟Jimmy說。」
「就說到蘭卡威出差。」
「Jimmy不會懷疑？」
「這是我最嘔的一點，他從不懷疑！感覺他把我當姊姊了。」
「所以你姊弟戀談得不耐煩，開始父女戀？」
「也還好啦，」Jenny吃了一口，「大叔也不見得就比較成熟。」
「那你們在蘭卡威……」
「他訂了兩個房間，說我們可以分房住。」
「你們真的分房住？」
「當然不會啊！花這種錢幹嘛？折現給我好了。」
明麗忍住不皺眉。
「回來後，大叔認真了。有時我和Jimmy在家，他會傳訊息來說想見面。」
「那很麻煩。」
「那時我就不回了。」
明麗看著Jenny，仍是一派輕鬆，沒有糾結。
「難怪你會想到『穀類早餐』對決『拉麵』。你這三角關係，滿像『拉麵』的。」
「哈哈，口味重，扯來扯去。」Jenny笑，「不過這是過渡時期，最近想定下來。」

「為什麼？」

「臉書開始有朋友結婚的照片，像感冒一樣，會傳染的。」

「你是因為別人結婚才想結婚？還是你自己真的想結婚？」

「都有一點吧。」Jenny聳聳肩，「我想要一個海島婚禮，你要來喔！」

「你認真的？不想在工作上再拼幾年？」

「有什麼好拼的？薪水這麼低，工作內容也無趣，看不到未來。」

「所以要更拼啊！讓自己被看見！」

「為什麼要被看見？好累喔！」

「不累，哪有錢辦海島婚禮？」

「找一個便宜一點的島囉，蘭嶼也很美啊！」

明麗笑。

「你想在哪裡辦婚禮？」Jenny問。

「我在社子島就可以了。」

「哇！好浪漫喔！」Jenny配合演出，拍手叫好。

「到我們這年紀，很實際了啦！」

「也是！我有些同學，先生小孩，身材恢復後才宴客。」

「你們才二十多歲就開始生小孩啦！」

「這不算早了。大家都有警覺性，25歲以後，就容易變胖。如果要找對象，得趁身材走樣之前。過了30，會越來越難！」

明麗裝出「中箭」的表情。

「不是說你啦！」Jenny補救，「你保養得這麼好，一定很多桃花！」

明麗答不出來。

Jenny沒有逼她，「碰到好咖需要緣分，也許，明天他就在轉角處等你。」

「台北市的垃圾車明天會在轉角處等我。好男人恐怕沒那麼容易！」

明麗想起「北京大叔」，他算是「好咖」嗎？

「其實，最近有認識一個在北京工作的台灣人……」

「是好咖嗎？」

「聊了半天，告訴我他在台灣有個女友。」

「那還不錯。」

「怎麼會不錯？」

「表示他在乎你，跟你說實話。」Jenny說，「我從來沒告訴大叔我有男友。」

這話讓明麗的思緒轉了彎，她沒有這樣詮釋過阿川的自白。

「所以你不在乎大叔？」明麗問。

「他很迷人，我喜歡跟他出去玩。說在乎，還真沒到那程度。」

明麗不了解這邏輯，「這男的在不在乎我，不重要，重要的是他已經有女友了。」

「你怎麼知道他們在一起很快樂？他們如果很快樂，他一開始就不會想要認識你。」

「不管他們在一起快不快樂，我不要做第三者。」

「第三者」這三個字，明麗講得心虛。

「很多第二者，也是第三者升上來的。搞不好他現在的女友，之前就是第三者。」
「如果是的話，那不就是『惡有惡報』？她之前是第三者，破壞了別人的關係。現在有另一個第三者，來破壞她的關係。」
「破壞？你講得太嚴重了。」Jenny說，「放輕鬆，你們應該學我們，去蘭卡威『出差』。」
兩人笑了。她們吃著甜點，舔著嘴唇。所有的苦味，暫時被掩蓋。
吃完甜點，明麗站起身去廁所。回來後看到Jenny在看手機，手機放在一個架子上。
「好可愛的手機架！」
「看影片比較方便。」
Jenny跟著去上廁所。回到座位，興高采烈地看著明麗：「衛生紙是你摺的？」
明麗沒反應過來。
「你把廁所牆上的捲筒衛生紙的前端，摺成三角形，像旅館房間那樣？」
「沒什麼。我進去的時候，也是摺好的。」
Jenny抱抱坐著的明麗，「你真是好女生！」
「呵呵，我幹過很多壞事。」
「那我們是同國的！」
明麗指著Jenny的酒杯，「下次離開座位之前，要把酒喝完。」
「我是跟你在一起啊！」
「還是要養成習慣！如果你是跟那個大叔，誰知道他會搞什麼鬼！」
「如果是跟大叔，回來後我當然會再點一杯新的，反正是他買單！」

她們擊掌。Jenny把「Around the World」喝完，一切又回到原點。

3

「穀類早餐」對決「拉麵」的想法，沒有得到老闆的同意。

「我們是銀行，不是大學社團。」老闆回覆。

明麗把老闆的Email轉傳給Jenny，Jenny回：「銀行就不能有些樂趣嗎？」

「還是在外面找樂子吧。」

「週末我回請你？」

「週末我要去高雄。」

星期五下班後，明麗趕高鐵去高雄，準備第二天當春芸的伴娘。

春芸是她小學同學，從小就有正義感。四年級時，她們碰到一個爛老師，大家都敢怒不敢言，只有春芸反抗。

那時有個同學，叫林裕光，成績不好，個子胖，動作慢，不討喜。老師不但不幫他，還把他旁邊的位子空出來，並把「罰你坐在林裕光」旁邊，做為懲罰其他同學的方式。

有一次，一位同學上課不專心，老師刻意點他回答問題，並說：「你如果答錯了，就罰你坐在林裕光旁邊。」

春芸看不下去，站起來說：「老師，我來坐林裕光旁邊好了！」不等老師回應，她立刻收拾東西。

老師問：「你為什麼要坐在林裕光旁邊？」

春芸說：「因為我認為你這樣處罰同學是不對的。我坐在林裕光旁邊，這個位子就不能拿來處罰了！」

春芸說出了他們心中的話！明麗從那時候開始崇拜春芸。

大學畢業後春芸回家鄉高雄，自己開了一家貿易公司，專賣聖誕樹的裝飾品，做得很好。

但也因為事業成功，一直沒談戀愛。幸運的是，34歲終於遇到真命天子，比她大16歲，在大學教書，也是第一次結婚。她們先有後婚。兒子已經兩歲了。

「我這麼老，不能當伴娘了啦！」半年前春芸邀她，明麗婉拒。

「我這麼老，都當『新娘』了！『伴娘』算什麼？」

她推辭了兩個禮拜，有一天接到春芸電話：「明天中午有空吃飯？我剛好要去台北。」

明麗知道她是專程上來。

她們在明麗公司附近吃飯。

「當伴娘會有桃花！」

「我當了兩次伴娘，從來沒有桃花！」

「至少可以認識很多單身男子。」

「坐在台下也可以啊！」

「坐在台下，只能認識同桌的人。伴娘站在台上，大家都會看到，事後都會來跟你搭訕。」

「從來沒人來跟我搭訕。」

「記得我們的同學林裕光嗎？」

「當然記得！你在他旁邊坐了一個學期。」

「他就想跟你搭訕！」

「他後來怎麼樣了？」

「變成大帥哥，而且生意做得很成功！他進口玫瑰，這次的花都是他佈置的。」春芸滑林裕光的臉書。

「哇……不可思議！」明麗搖頭。

「真的！上帝不公平，男人就是老得比較慢！」

「這是他小孩嗎？」明麗指著照片。

「兩個！」

「他動作好快！」

「是我們動作太慢了！不過快慢沒關係，人對最重要！」

「你怎麼知道一個人是對的？」

「看他能不能改變我最壞的一面。」

「怎麼說？」

「過去的生活中只有自己和公司，覺得無所不能。認識他之後，發現自己什麼都不懂，錯過好多風景。」

明麗懂春芸的意思，但看到女強人軟化，仍忍不住調侃：「他在學校教什麼？城市景觀嗎？」

「他教地球科學。」春芸指著天空，「他還用我的名字命名了一顆小行星。」

「你以前對這種事應該都嗤之以鼻吧！」

「愛情讓我變得謙卑。」春芸說，「你應該試試。」

「要謙卑不必談戀愛，在鼎泰豐排隊就好了。」

「你來當我的伴娘，保證不必排隊。」

「好吧。」明麗微笑，「但我有一個請求。」

「用你的名字命名一顆小行星？」

「不要拱我去接捧花？」

「你不喜歡？」

「那是資深單身女子，最討厭的一個儀式。」

星期五晚上到了高雄，明麗從高鐵站直接到飯店彩排。在後台，明麗和其他四位伴娘都換上的粉紅色細肩帶的禮服。

其他四位都是春芸的員工，明麗並不認識。

她們換上禮服後忙著自拍，明麗換上禮服後忙著檢查可能穿幫的地帶。

她們自拍後立刻上傳臉書，明麗換完衣服後坐在一旁看書。

年紀的差距，不需要身份證來說明。

書看得無聊了，她走到會場。時間晚了，會場的燈都關了。明麗晃到最後一桌坐下，遠遠看著春芸。春芸拉著婚紗，在舞台上跑來跑去，幹練地跟飯店人員喬燈光音響，彷彿身上只是T-shirt。

春芸彈指，現場放出一首歌，螢幕打出結婚照。

明麗沒聽過這首歌，但立刻愛上了旋律。她只隱約聽懂副歌中一句：「緊握著你的手，再也不會一個人走」。

她拿出手機查，是一位叫「賈立怡」唱的「Love is Most Beautiful」。

她滑動手機，讀著歌詞。她上網搜尋「賈立怡」，一位香港歌手。

她和明麗同年。

明麗立刻覺得親切，把賈立怡的維基百科存在手機。

彩排結束，伴郎伴娘們散了。春芸特別來招呼明麗，兩人在舞台邊坐下。春芸脫下高跟鞋，自己按摩著腳。

「好玩嗎？」春芸問。

「這飯店真好，你佈置地更漂亮！我結婚時，也要找你佈置。」

「不要讓我等太久啊！」

第二天中午，每位賓客進場時，都得到一枚紅色心形胸章。就座後，現場燈光變暗，才發現紅心胸章是螢光的，眾人「心心」相印。

音樂響，伴娘和伴郎先入場。這不是明麗第一次當伴娘，但走上紅毯仍令她緊張。彷彿地毯發燙，而她是一隻迷路的羊。

伴娘和伴郎們在舞台站定後，明麗看著春芸和老公走進來。

36歲的女強人，50歲的男教授，都是第一次結婚。這兩人要遇見、相愛、結婚，多麼不容易！

明麗的眼淚本來就撐不住了，然後音響放出了昨晚那首歌：

「緊握著你的手，再也不會一個人走

這是我的感受，莫名的感動，卻說不出口
當你親吻我的時候，眼淚不停在流
幸福都被看透，這世界 Love is most beautiful」

簡單的歌詞，卻輕易地把明麗擊垮……

春芸講話時謝謝大家，特別提到明麗。

「陳明麗我愛你！」賓客中有人站起來吆喝。

「林裕光你已婚了，給我坐下！」春芸呵斥。

「那你要『坐我旁邊』！」

小學同學都笑了出來。

送完賓客，春芸到休息室來謝謝伴娘。她一一擁抱大家，明麗是最後一個。她看著明麗，露出驚訝的表情：「你的『心』怎麼不見了？」

明麗低頭，那個紅心胸章不見了！

「我把『心』給弄掉了……」明麗皺起眉，「對不起……」

「沒關係，」春芸說，「我相信有一個人，會撿到你的心！」

4

明麗沒有找到自己的「心」，但春芸把捧花私下送給了她。

坐高鐵回台北，她把捧花放在大腿上。精緻的花束，蓋住牛仔褲膝蓋的洞。

仙女下凡了，發現這世界不像婚禮現場那麼浪漫。旁邊睡著的乘客把鞋子脫掉，露出棕色的襪子。手臂大剌剌伸到她這邊，她用力頂回去。

她看窗外快速閃過的風景。高鐵時速二百五十公里，時間跑得更快。昨天才星期一，怎麼就到週末了！

她拿出手機，沒有訊息。只有群組中，不熟的人的貼圖。

她看到賈立怡的維基百科，點開：賈立怡也結婚了！

她想打給南西，但她週末跟男友出國了。

她看著手機上的幾串對話，看到阿川。

「有個女友，在台灣。你呢？你有男友嗎？」

這是他們上次對話的最後一句，她沒有回。

她摸著大腿上的捧花，自問：她有沒有時間、心情，在36歲，去認識單純的異性朋友？

她閉上眼，聽高鐵快速向前的聲音。

睜開眼時，乘客都走光了，清潔人員在整理座位。她站起來，她最後一個下車。

最近，常睡過頭。

走出車站，看著忠孝西路的街景。初春的空氣有些冷冽，但很清涼，她猛吸了一口氣……

今晚要讓自己過得很好，不辜負這樣的好天氣。

去健身房吧！

當初是南西揪她辦了健身房會員。她刷卡時，計算一個禮拜能去兩次就回本了。做瑜伽、踩飛輪，做南西推薦的ＴＲＸ，把線條練出來

結果……她兩個月去不到一次。

但關鍵時刻，健身房是避風港。這裡是少數，一個人去不會尷尬的地方。

沒帶衣服怎麼辦？

回家就懶得出來了。於是她在忠孝西路的運動用品店買了新鞋、T-shirt、短褲。這些家裡都有，她不該這麼浪費的……

管他的！今晚就縱容自己一下。

看錶，七點多了，她應該先吃飯的，沒吃飯怎麼跑步……

管他的！中午婚宴的大餐，可以撐三天。

走進健身房，星期六晚上沒課程，她只能自己跑步……

管他的！自己跑更輕鬆。

太久沒跑，跑了半小時就癱了，但跑步機設定的運動還有10分鐘……

管他的！她拉起緊急開關，停止跑步機。

她在健身房繞著圈子走，清楚地聽到自己的心跳。她從來沒有，這麼接近心臟。

她把水壺放在飲水器下裝水，飲水器上嵌著的大水筒打了個嗝，水泡慢慢上升。一種疲憊的幸福感，跟著在心中冒起。

她走進淋浴間，水串急速下降。她刻意轉換著冷水和熱水，讓自己的肌肉在顫抖和順從間擺盪。水串像窗簾，她在窗簾間睜開眼睛。她看著自己的腳，水沿著突出的筋絡，流到地上。

她吹著頭髮，吹風機的聲音，淹沒了四周的靜默。

她擦了乳液，感覺自己臉頰的紋理。

「陳小姐，保管箱的鑰匙？」她離開前，工作人員叫出她。

「喔……」她笑笑，把手腕上的鑰匙歸還。

那是那個星期六晚上，她有的唯一一段對話。

她拿著捧花離開健身房，走進捷運站。一名男子轉頭看她，她對他微笑，他卻立刻把目光閃開。

捷運，很快地向前衝，跟下午的高鐵一樣。

但她和她的心情，都在捷運中，穩穩地站著。

不安，被速度撫平。寂寞，被汗水沖掉。一個人的星期六晚上，她也可以過得很好。

5

星期一是銀行定期的安全檢查，她又要巡視大家的辦公桌。

九點半，又有全公司風險部門的會議。

金融機構中防弊的單位，除了明麗的「風險控管」，還有「稽核」。明麗的公司又成立了另一個單位，針對「稽核」部門的工作成果再做確認。

應付這些人很累，中午回到座位，她癱了。呆滯地在電腦前玩遊戲，連下去吃飯都懶。

這時，手機對她眨眼。

「上次說要一起去旅行，還記得嗎？」

是牙醫世傑。

那天跟阿川一起在民生社區吃飯時，世傑問了這句話，她沒當真。男人常發出這種虎頭蛇尾的邀請，有時是試探，有時是敷衍，你若當真，就輸了。

她沒當真的另一個原因，是她實在搞不清楚世傑的意圖。

他想追她嗎？若想，帶阿川來是什麼意思？若不想，幹嘛約她去旅行？

或者，他對她的興趣，僅止於做個旅伴。

這是讚美，還是侮辱？

男人拐彎抹角，她覺得很煩，一次搞清楚吧。

「有什麼具體想法？」明麗問。

「曼谷一週？」

明麗笑了出來。曼谷？好大的志向！

她雖動心，但現實人生沒這麼愜意。我只是打工仔，沒有說走就走、立地成佛的本錢。

「一週不行，一個週末還可以。」她回覆。

「那週末去花蓮？」

「花蓮ＯＫ！」

今天是銀行定期的安全檢查，她看同事有沒有違規。

今天也是她感情的定期的安全檢查，她看自己有沒有違規。

「好，我來安排。找個週五晚上出發？」

「週五有時要加班，週六吧。」

她一直忙到下午，壓力一路傳到腳底。她在桌下脫掉高跟鞋，但腳趾還是像鉤子般緊繃。

老闆走到她座位，她來不及穿鞋。

「這幾個數字要跟上一季比較一下。」老闆說。

老闆跟她說話，她通常會站起來。但沒穿鞋子，只好緊貼椅背，把鞋子往裡面踢。

「你還好吧？」老闆問，「看起來怪怪的。」

「很好啊！」她擠出風乾的笑容。

他走時撂下一句，「地毯細菌很多喔……」

她三條線。

世傑不是那下午唯一邀她的。下班前收到一張圖，標題是：「圖解抹茶蛋糕做法」。

是廣告吧？

「我當初是看這雜誌學的，把這一頁掃描給你，有圖有真相。」

是阿川。

她把高跟鞋穿上，整理東西準備下班。她回覆：

「其實，台北好吃的蛋糕那麼多，不需要自己做蛋糕。」

「你都吃哪一家？下個週末我回台灣，一起去嚐嚐？」

明麗關了電腦，拿起包包，走進電梯，走出電梯，走向大廳，走出大樓，拿出手機：

「回來跟我聯絡。」

進捷運站前，手機又響了。他以為是阿川。

「我訂好火車票了！下週六一早去花蓮，禮拜天下午回。」

結果是世傑。

兩個人撞期了。

該不會世傑又安排了三人行吧？

走進捷運站，走下月台，走進車廂。

花蓮這麼美，值得全心對待。其他這些「技術問題」，她懶得管了。

「雪梨歌劇院」，暫時休館。

所有情節，花蓮現場演出。

七月

1

南西去巴黎玩了一趟，回來後時差嚴重，星期六一大早打來，明麗被吵醒。

「要不要去跑步？」

「幾點啦？」

「六點五分。」

「很爛耶，這麼早打來！」

「我已經等了半小時，我五點半就想打了。」

「昨天加班，兩點才睡。晚一點再說好不好？」

「好啊！」南西隨和地說：「那你先幫我開門，我在樓下。」

「你在樓下？」

明麗像用起重機一樣，把自己撐起。

光線從窗簾的裙角淹進客廳，她拉開窗簾，眼仍閉著。她按了對講機的鈕，樓下的門打開。她打開門，站在門內等。她聽見樓梯間的腳步聲，迅速急促。然後南西出現在門縫間……

她判若兩人。

上次見到南西，是在公司附近吃午飯。她訓誡明麗別理北京大叔，姿態像智慧的女王。

而在這凌晨六點的樓梯間，她像隻驚嚇的兔子。穿著寬鬆的運動衣褲，戴著眼鏡，眼睛的血絲攀上鏡框。

她不像女王，而像一個被送錯機場、隨意亂扔的行李箱。

明麗立刻醒了，口中湧上酸液。

「你怎麼了？」

「我跟他分了！」

明麗趕快讓她進來，關上門，像庇護一個被追殺的小孩。

明麗拉起客廳的窗簾，牽南西快速走回臥房。深怕客廳的陽光，割傷南西。

她們逃進冷氣房，鑽進被窩，把被子拉到鼻子。

「發生什麼事？」

「我們在巴黎的飯店。他去洗澡，手機在外套口袋裡一直響。我平常不會去看他手機，但手機響得急，我怕是台北有急事，拿出來瞄了一眼，來電是一個叫『S』的人……」

明麗點頭。

「我沒聽他提過『S』這個人，當然好奇，狂Call停了後，簡訊聲響起，寫著：『你在哪？』我好奇，誰用這種口氣跟他說話。」

「你一好奇就完了……」

「然後我打開他手機──」

「你有他密碼？」

「他在我面前開過手機，我瞄到過。」

「哇……」明麗的口氣是讚嘆，也是遺憾。

「你不怕他走出來看到你在看他手機？」

「所以要快，進入手機後直接看照片。」

「你真狠！」

「然後就被我看到了……」

「什麼？」

「很噁心的自拍。」

明麗把南西抱進懷裡。

窗簾外的天更亮，窗簾內的房卻更黑。

幾分鐘兩個人都沒說話，然後南西說：「真正傷的不是那些照片本身……」

「是什麼？」

「是他跟我也拍過那些照片，同樣的姿勢，同樣的角度。」

「別說了……別說了……」

「唯一不同的是……」

「別說了……」

「我和他拍的時候，還沒有自拍神器……」

「自拍神器」四個字，南西說得很吃力，好像那是法語。

明麗抱住南西，把棉被包緊。

「我問他多久了。」南西堅持繼續說。

「這有什麼好問的。」

「我要知道。」

「知道又怎樣？他們在一起很久，還是很短，你會比較不難過？」

「我有權知道。」

明麗沒有答腔。你怎麼會有權知道？是你一開始就堅持，你和他只是玩玩。如果只是玩玩，沒有人有任何權力。

「他說他們上個月才認識。」

「你相信？」

「當然不信。」

「那你還問幹嘛？」

「我要看他撒謊的表情。」

「巴黎有那麼多藝術品，你要看他撒謊的表情？」

「我知道至少有三個月。」

「你怎麼知道？」

「我想起三個月前有一次我到他家，在他浴室剪腳指甲。我坐在浴缸上，把浴室的垃圾桶拉過來，打開，腳踩上去剪。剪著剪著，看到垃圾桶裡有一個保險套的包裝。」

「那不是跟你用的？」

南西搖頭。

「我在廁所好久，不知道怎麼處理。」

「如果是我的話，我會拿蓮蓬頭噴他。」

「噴他？我會拿蓮蓬頭敲他的頭。他的蓮蓬頭是德國的，重的跟槍一樣。」

明麗苦笑。

「蓮蓬頭我拆不下來，只好打開水，希望水聲給我一點靈感，讓我知道接下來怎麼做。」

「結果呢？」

「我什麼都沒做。」

「你沒問他？」

「我想看他，接下來要怎麼玩。」

「天啊！」明麗不想責備，但也無法置信，「你幹嘛這樣折磨自己！」

南西的表情僵硬而扭曲。

「所以你假裝什麼事都沒發生，從浴室又走回他床上？」

「我把指甲刀丟在垃圾桶裡、保險套包裝紙旁邊。」

「這是什麼意思？」

「他如果翻垃圾桶，會知道我已經看到了保險套。」

「他會去翻嗎？」

「我不知道。他沒跟我提過。」

「然後呢？」

「然後所有的老戲碼都上演了，遲到、臨時取消、手機關機、號稱感冒了不能見面，在餐廳吃飯吃到一半拿著手機去洗手間……」

「那你沒有拆穿他？」

「拆穿他就沒戲看了。」

「然後你還跟他在一起，甚至去巴黎。」

「他招待我坐商務艙，我幹嘛不去？」

「可是兩個位子，坐了三個人。」

「你確定只有三個人嗎？」

那口氣是怨恨、自嘲，還是絕望，明麗分不清。

「不過……」南西說。

「不過什麼？」

「商務艙的東西，是用瓷盤裝的，感覺就真的比較好吃耶！」

兩人的笑，從糾結的表情中擠出來。眼角的淚水，被魚尾紋苦撐著。

明麗抱著南西，想轉移話題，「你這件內衣好漂亮，哪裏買的？」

「貴死了，三千塊！」

「是防彈的嗎？」

南西笑了出來。明麗知道，並不防彈。此時的南西，已被子彈打得千瘡百孔。

明麗抱緊南西，久久不說話。

然後南西轉過頭，親吻她。

先是臉頰，然後是嘴。

明麗沒有反抗，她轉過頭，朝南西的方向，順勢吻回去。彷彿她們是老夫老妻，這是她們週末賴床時的例行公事。

然後南西停了下來，明麗也抿抿嘴，沒有繼續。

她只是把南西，抱得更緊。

2

她們就這樣抱著睡著了。眼淚，是最好的安眠藥。

南西醒來，看手機，下午四點了。

手機電力滿格，螢幕卻一片空白，沒有訊息，沒有未接來電，彷彿她的號碼並不存在。

她的手機是塊墓碑，獨自矗立在荒山野地。

明麗還在睡。她起來，走進浴室。

白色地磚上有髒印子，踩腳布是灰的，明麗的內衣，從洗衣籃裡滿出來。

她坐在馬桶上，看到髮絲散落地磚。像顯微鏡下，一條條的迴蟲。

她沖了馬桶，打開水龍頭洗手。看到殘餘的牙膏，凝固在洗手台。

她洗了澡，洗了頭，吹了頭。

她站上磅秤，天啊！她胖了兩公斤！

失戀怎麼還會發胖！

出來時，明麗還沒醒。

因為窗簾拉起，下午四點半的臥房牆壁，仍然瘀青。

她坐在床上，看著手機，和半小時前沒有不同。

她突然慌張，這就是單身女子的生活？

她搖明麗，明麗沒反應。她用力搖。

「怎麼啦？」

「起床了！」

「幾點了？」

「五點了。」

「再睡一下，八點半才上班。」

「下午五點了！」

明麗睜開眼，恍然大悟，「今天禮拜六嘛！」

「也該起來了！」南西繼續搖。

明麗坐起來，「你還好吧？」

「還好。但頭髮不好。你洗髮精怎麼有肉桂味啊？從來沒聽過那牌子。」

「那是藥房送的贈品。」明麗又倒回床上。

「我們去shopping，買真正的洗髮精。」

明麗意興闌珊地躺在床上，「那是真正的洗髮精啊，我還有檀香和仙草味道的贈品沒用耶！」

「你那麼省幹嘛？要不要請個打掃阿姨？」

「我就是打掃阿姨啊！」明麗揉揉眼睛，「技術不行，年紀很接近。」

「我們去跑步吧！睡了一整天！」

南西拖著明麗出門，揮手招計程車。

「你不是要運動，幹嘛還坐計程車？」

「坐車到大安森林公園再開始運動。」

到了大安森林公園，天色漸暗，她們沿著環繞公園的步道跑，才一圈，兩人就東倒西歪。明麗激勵南西，「繼續跑，不要偷懶啊！」

「不行，我要休息了。」

兩人從慢跑到快走，從快走到散步。走到新生南路那邊，迎面跑來一位帥哥。短袖短褲，肌肉線條分明。兩人故作鎮定，向兩邊讓開，讓他從兩人中間跑過，然後很有默契地同時回頭看他屁股……

「極——品——」兩人嘴巴張大，無聲地讚嘆！

「好像費德勒喔！」明麗說。

「要不要去追？」南西問。

「哪追得上？不過跑道是圓圈，我們繼續向前走，待會自然還會再碰到。」

「沒帶粉餅，可恨！」

「不過這也可能是他的最後一圈，搞不好他跑完這一圈就閃人了！」

「那也好，越看越心痛。」

「痛什麼？」

「你覺得我們兩個有一天會跟那麼優的男人在一起嗎？」

「帥不一定優喔！」

「不帥也未必優！既然都不優，那我寧願要帥的。」

她們果然沒再看到那帥哥。但為了找他又走了兩圈，有運動到。

離開公園時，南西的額頭汗滴聚集，每一滴中都有煩惱。

「你這樣好！」明麗說，「把毒素都逼出來了！」

「怎麼逼得乾淨！」

「治本之道是遠離污染源！」

「治本之道是多運動！」南西說，「聽說肺很久不用，會纖維化。」

「如果太久沒用的器官會纖維化，我擔心的，倒不是我的肺耶！」

她們在夜空下爆笑出來，像煙火般把大安森林公園照亮。

愛情是一個花叢，四周環繞著圓形步道。她們在繞圈圈，那些男人也在繞圈圈。有時短暫交會，交會時彼此都在打量對方，卻不會自我介紹。

慢慢地，有人離開了。因為天黑了，因為時候不早了。漸漸地，這不斷循環的步道，人越來越少……

3

她們沒跑幾步，卻大大獎勵了自己。吃大餐時，南西把手機放在比刀叉更近的位置。

「你還在等他打來？」明麗問。

「他早就打了，我沒接。」

「那你還等什麼？」

「我沒等啊！」

「假如他再打來，不，假如他現在出現在這裡，你會跟他說話嗎？」

「不會。」

「那就把電話收起來。」

「但我希望他出現在這裡。」

「為什麼？」

「表示他愧疚。」

「他愧疚會讓你好過一些？」

「不會！但他愧疚會讓他難過一些。我需要這個！」

明麗欲言又止。

她想說：「不，你不需要。你不需要讓自己的心情，取決於一個爛男人的愧疚感。你不需要把自己的心，像大衣一樣懸掛在男人的回覆上。我們也許配不上費德勒，但也不需要委屈黏著一個這樣糟蹋女人的男人。」

但她沒說。她們是朋友，朋友之間不講大道理。

「下個週末跟我去花蓮？」明麗轉變話題。

「花蓮？」

「世傑約我去。」

「誰是世傑？」

「那個牙醫。」

「去多久？」

「星期六、日。」

「過夜耶！」

「一起去？」

「他約你，我去多尷尬！」

「他每次約我，也都帶第三者。」

「你要報復他？」

「講報復太嚴重了，我跟他還沒深入到我想對他報復的程度。」

「搞不好他就是想藉這一次跟你變深入。」

「那剛好，你幫我鑑定。」

南西猶豫。

「我可以招待你坐『商務艙』喔！」

「台鐵有『商務艙』？」

「有我的地方，就是『商務艙』。」

「什麼時候變得這麼有自信？」

「我沒有自信。但跟現在的你比起來，還算可以。」

過去用這種口氣說話的是南西。兩人的氣勢，被一個爛男人翻轉了。

「自信，有時會讓人看不清。」南西說。

「花蓮山明水秀，能見度很高。」

「好，我們去花蓮！」

4

去花蓮的火車，早上七點二十出發。她和南西約在車站一樓大廳先見面。南西遲遲沒出現，明麗打了幾通電話沒人接。她一邊走向月台，一邊繼續打……

南西終於接起，她還沒睡醒，只說一句：「我不能去了！」

「為什麼？」

明麗吃驚，一時不知該說些什麼。然後深呼吸，破口大罵：「那你為什麼不早說！」

「我跟他在一起……」

她用力按下電話。

她討厭手機，不能像傳統電話一樣摔下。

她在台北車站大廳，呆站了一分鐘。

南西沒有回撥給她。

明麗知道，自己的反應如此激烈，不是因為南西不去花蓮，而是因為她跟他復合。

你難道忘了那些照片？那個保險套？那些遲到、臨時取消、手機關機、號稱感冒了不能見面，在餐廳吃飯吃到一半拿著手機去洗手間？

你難道忘了那自拍神器，怎樣像劍一樣刺你的心？

你就這麼賤嗎！

為什麼我們女人，總是這麼輕易地原諒爛男人？

她似乎對那個爛男人，有著情敵似的仇恨。

她走到女廁整理一下儀容，然後慢慢走到地下一樓，世傑遠遠地在票口跟她揮手。

「哇，好準時喔！」世傑說，「你朋友嘞？」

「她臨時有事不能來了！」明麗輕描淡寫。

「可惜！」

「那你朋友嘞？」明麗模仿他的口氣。

「我？」世傑說，「我沒有帶別人啊！」他笑笑，「你就是我朋友。」

這會不會是另一個，將來她擺脫不了的爛男人？

他們上車，往花蓮去。過了板橋，傳言一票難求的普悠瑪號，仍有很多空位。

「聽說都被旅行社包了，最後賣不完，剩這麼多空位。」世傑說。

「最爛了！站著茅坑不拉屎。」

這是在罵誰？

「別亂罵，我也是跟旅行社買的！」

「那你就是助紂為虐了！」

「『助紂為虐』！我二十年沒聽過這句成語了！」

是啊，但女人幫男人折磨自己的戲碼，卻天天上映，這不也是一種「助紂為虐」？

火車開始經過隧道，車廂忽明忽暗。明麗的心情，一直留在隧道中。

「誰惹你了？」世傑問。

「如果你女友背叛你，回頭要求你原諒，你會跟她復合嗎？」

「那要看情形。」

「看什麼情形？」

「看她有多辣。」

明麗瞪她一眼。

「開玩笑的啦！」世傑說。

「不講了啦！」明麗更氣了。

「我交過這樣的女友，我跟她復合了。」

明麗雖氣，但聽進了這句話。她一直懷疑世傑是同志，第一次聽他說他交過女友。

「為什麼？你不在意她跟別人那一段嗎？」

「我當然在意，誰會不在意呢？但已經愛上了啊？怎麼辦？」

「斬斷啊！」

「哪那麼容易？你斬得斷嗎？你以為這是蛀牙，抽了神經就沒事了？」

明麗沒有回答，她看著窗外飛過的稻田，想起她和阿成。

「她在門外哭哭啼啼地敲門，你能不開嗎？你們在一起的快樂那麼真，你丟得掉嗎？這就像吸毒，理智上你知道你該戒，但實際上……」

「那後來呢？你們還在一起？」

「後來還是分了。」

「那你怎麼戒的？」

「我沒戒，是她把我戒了。」

「為什麼？」

「我不知道。她從來沒說。」

「一定很痛。」

「還好，我看了一個月的大愛電視台，慢慢就平復了。」

明麗笑出來。

「這樣就平復了？」

「當然沒那麼容易。我還把我家所有的鍋子，用小蘇打粉刷一遍。」

「這有效？」

「還有去了花蓮一趟。」

「花蓮？」

「去聽『上人』演講。」

「是喔？」

「很有療癒效果。你要不要去？」

「我的問題層次太低，不需要麻煩到『上人』。」明麗說，「如果待會到了花蓮，這個曾經背叛你的女人突然打電話給你，說要跟你見一面，你會拋下我去跟她見面嗎？」

「當然會！」

好歹你也裝個樣子猶豫一下吧！

「因為她把我的車開走了，一直沒還我！」

明麗想起那晚跟阿川吃飯，世傑講到自己的車，一副一言難盡的表情。

「什麼叫她把你的車開走了？」

「我的車，我們在一起時她也開。分手時，她就把車開走了。」

「這……不能報警嗎？」

世傑搖頭笑笑。

「這樣也好，你知道她是這種人，才斷得乾淨、徹底死心。」

「哪有？一點都不乾淨！」

「為什麼？」

「她常超速，我到現在還在替她繳罰單！」

明麗笑了。這是她第一次感覺認識世傑。

火車往前，右邊的車窗看出去，有溪、山，和山上的霧氣。不知是山，還是世傑，她在車站的怒氣，隨著霧氣慢慢消失。

「待會到了花蓮，你想去哪？」世傑問。他們從來沒有討論過行程。

「我都可以。你應該有安排吧？」

「我有安排，也有彈性。你想玩文的還武的？」

「文的是什麼？」

「逛逛市區的書店啦，文創園區啦……」

「武的呢？」

「鯉魚古道啦，砂卡礑步道啦……」

「文的！」

「這麼堅定？」

「爬山要曬太陽！你有看過喜歡曬太陽的女生嗎？」

「還真沒有！但我以為你跟別的女生不一樣。」
「我跟別的女生完全一樣，而且也以此為榮。」
「你難道不想看看海岸山脈？」
「坐在火車上看就好了啊！」
世傑笑。
「你笑什麼？」
「女人是奇怪的動物。懷孕、生小孩、上班、創業，你們什麼都不怕，但怕曬太陽。」
「當然喔！懷孕，十個月而已。生小孩，幾個小時的事。上班，大不了我不幹了。創業，失敗了重來。但一旦曬黑了，就終生遺憾啊！」
「你的風險控管，真做到家了！」
「哪有……」明麗放慢速度，「我如果風險控管做到家，怎麼會坐在這裡跟你去花蓮！」

5

到了花蓮，陽光很大，明麗戴起帽子和墨鏡。
「等我一下，去上個廁所。」明麗說。
「東西給我。」世傑俐落地說。
他們租了一輛車，先到飯店check in。世傑選了一個市區的旅館。灰色的五層樓建築，每個房間都有窗戶，黑色的窗框搭配白色的紗簾，窗外放著盆栽。很有巴黎的老公寓的味道。
他訂了兩間單人房。他們各自放下行李。

「第一站想去哪？」

「不要爬山都好。」

「那去看海吧！」

他們租了車，沿著台9線往北開，明麗看著右邊的山和霧，一語不發。花蓮的山，永遠在做SPA。

世傑轉頭看她，自顧自地笑起來。

「笑什麼？」明麗問。

「你是少數不會一直問『還有多久才到啊』的女生。」

「你載過很多女生來這嗎？」

「這條路線你是唯一。」

「該不會是去太魯閣吧？」

「你放心，太魯閣人人都知道，我要帶你去的地方只有我們知道。」

「『還有多久才到啊？』」明麗故意問。

開了20分鐘，他們右轉進入一個小道。走了三分鐘，就看到海了

「聽過『定置漁場』嗎？」世傑問。

明麗搖頭。

他們把車停好，向海灘走去。左邊是圍繞在霧中的山，右邊是浪花鑲邊的海，岸上一位老人在釣魚，明麗說：「這稱不上是漁場吧？」

「等一下……」

半小後，一輛怪手開向海邊，後面跟著五名穿著雨褲的男子。五名男子把岸邊的橡皮艇抬起，怪手把它吊起來，移到海水上。一名男子跳上橡皮艇，另外四名抬著橡皮艇兩側，隨著潮汐的節奏，把橡皮艇丟進海中。橡皮艇慢慢向海中開去……

「『定置漁業』是當年日本人引進的。是指在沿岸設置陷阱，也就是漁網，當魚群經過時，一網打盡。」

明麗點頭。

「如果我們願意等，待會橡皮艇回來，我們就可以買到最新鮮的魚！」

「買到最新鮮的魚要怎麼料理？」

「帶回旅館吃生魚片？」

「你有廚具？」

「別忘了，我是牙醫。」

推船的四名男子在沙灘上坐下，明麗和世傑跟著坐下。獨釣的老人毫無斬獲，不斷重甩著釣竿。天空飄起了小雨。

世傑看著明麗的臉，雨水把她額前的頭髮打亂。但她仍看著前方，沒有退意。

「算了，走吧。」硬撐了十分鐘，世傑站起來。

「不等了嗎？」

「下雨了，感冒了麻煩。」

「淋雨還好啦，不要曬太陽就好。」

「哈哈，曬黑很麻煩，禿頭更難看喔！」

6

因為淋了雨，回到市區的第一件事，是去洗頭。

他們經過一家家庭式美容院，明麗叫：「好可愛喔！我小時候都跟我媽去這樣的美容院。」

「進去吧。」世傑說。

「那你呢？」

「坐在旁邊等啊！」

「那怎麼好意思？」

「沒關係，我小時候就是這樣等我媽。」

「好兒子！乖！」

明麗坐在椅子上，老闆娘幫她按摩頭部。她透過面前的大鏡子看到後方沙發上的世傑，他沒有滑手機，而是翹著腿、撐著下巴，帶著微笑看著她，彷彿她是博物館的一幅畫。

「我覺得你剪短髮一定很好看！」隔著洗頭阿姨，世傑說。

「我以前留短髮。」

「那現在為什麼留長？」

「長髮可以瘦臉啊！」

吹完頭，明麗問多少錢。世傑立刻拿出錢包，幫她付了。

「你幹嘛幫我付？」

「就算我請你洗頭吧。有人請你洗過頭嗎？」

「有人『幫』我洗過頭，但『請』我洗頭還是第一次。」

「我喜歡當第一個。」

「這樣啊……」明麗逗，「還沒有人幫我買過房子耶！」

「這樣啊……」世傑配合，「晚上回旅館玩『大富翁』。」

他們逛了幾家咖啡廳、二手書店。一起進去，一起出來。在店內時，各走各的。要離開時，使個眼神。

走出書店，走在花蓮的小街。

「你買了什麼書？」世傑問。

明麗讓世傑看封面，「《台北美食淘》，介紹台北的老字號餐廳。」

「那你看了什麼書？」明麗問。

「我剛才都在看你。」

7

他們到花蓮文創園區晚餐。這裡原本是日治時代的花蓮酒廠，門口的老宅改成餐廳，後方一棟棟的倉庫改成文創市集。只有倉庫外的磨石子洗手池，還保留著舊時代。

「在酒廠吃飯，當然要喝酒。」沒等明麗回應，世傑就請服務生開酒。

「你盡興，我喝咖啡陪你。」

「怎麼這麼ㄍㄧㄥ？」

「不是ㄍㄧㄥ。我最近大醉一場，不能再喝了。」

「你一口，我兩口，這樣公平嗎？」

明麗沒有應戰，世傑也沒有進逼。他們輕鬆地吃著晚餐，聊彼此的工作和生活，意外發現牙醫和風險控管的共同點：預防勝於治療。

世傑的酒量也不好，那瓶酒倒了幾杯後，就沒發揮的餘地了。結賬時，世傑塞回木塞，「回旅館喝吧！」

他們到後面的園區逛，世傑拿著酒瓶，明麗帶頭走進倉庫裡的文創商店。

「好文青的店喔！」明麗說。

「差一隻貓，就文青百分百了！」

「你看！這好可愛！」明麗轉過頭，跟身後的世傑揮手。

「小籠包？」

「是做成小籠包形狀的肥皂！」

那肥皂的大小、顏色、皺摺，就像小籠包。

「我最喜歡吃小籠包了！」世傑買了兩個，「一人一個！」

他們繼續走下去，明麗走進一家木製品的店面。

「你看！」

「這回是蔥油餅嗎？」

明麗拿起桌上的商品，「你喜歡嗎？」

「衛生紙盒？」

「你看它側面的木板上有個洞，而且洞還做成樹的形狀，這樣你就可以看到裡面還剩幾張衛生紙，不夠時可以補充。」

世傑皺眉，「用完不就知道用完了？幹嘛要事先知道快要用完了？」

「萬一用完時你剛好坐在馬桶上怎麼辦？」

「褲子穿上出去拿。」

「太不優雅了！」

「沒必要！我診所裡給病人用的衛生紙，都是直接一包放在檯面。」

「你很沒情調耶！」

「我有情調啊！」世傑搖搖手中的酒瓶，「只不過不是在衛生紙上。」

似乎被世傑影響，明麗把原本想買的衛生紙盒放下。

「講究情調？我們回飯店喝酒。」

他們回到飯店，一樓的餐廳剛才辦了活動，門口放著好幾盆慶賀的花盆。

「等我一下！」世傑說。

他摘下了一朵。

「那不能摘啦！」明麗打他。

「我可是用拔牙的精準，沒人會注意到……」世傑說，「來，這朵送你！」

明麗收下花，「你醉了，快回去睡吧。」

他們各自回到房間。明麗梳洗完後，有人敲門。她打開，世傑拿著酒瓶站在門口。

「我借來兩個酒杯。」

「這種時候，我只用漱口杯。」

「那我教你正確的刷牙方法。」

明麗笑，讓他進來。

這是「定置漁場」嗎？

世傑把酒放在桌上，明麗坐上床，一秒鐘的沈默，房間急速地縮小。

「你要先洗澡嗎？」世傑問。

「我洗過了，也漱過口了。」

世傑讚許地點頭。明麗說：「我有用牙線喔！」

「牙間刷有沒有用？」

「牙線就好了吧！」

「還是要用牙間刷。」

世傑在床邊的地毯坐下，把紅酒和酒杯放在腳旁。

明麗坐上床邊的沙發，盤起腿。

「哇，你腿好柔軟。」世傑讚嘆。

「我有練瑜伽。」

「那你可以把腿放到頭上嗎？」世傑問。

「頭上不行，地上可以嗎？」她開玩笑，順勢把腿放到地上。

然後世傑爬過來，摸著她的右腳。

「喂！」明麗叫住他，不是鼓勵，也不是制止。

「高跟鞋穿多了？」世傑摸著她後腳跟的ＯＫ繃。

「行萬里路，勝讀萬卷書。」

「我也二十年沒聽過這句成語了！你很喜歡用成語耶！」

「我不喜歡用成語，但我身邊的事，都被成語說中。」

「那這件事成語怎麼說？」世傑站起來親吻她。

「這件事……」她沒有立即抵抗，「叫『酗酒鬧事』。」

「不能說是：『勸君更盡一杯酒，西出陽關無故人』嗎？」

她輕輕把他推開，給他台階下，「你醉了，我不佔你便宜。」

「但我想佔你便宜。」

「你不認識我，我很兇的。」

「再頑強的牙我都拔過。」

他扶她站起來，開始撫摸她的胸部，她感受到他身體的變化。

「這……這是……」

世傑從褲子口袋拿出東西，「我沒這麼強。這是剛才買的小籠包肥皂！」

兩人爆笑。

他抱住她，想再吻她，明麗輕輕掙脫。

「我們應該『植牙』，不是『拔牙』。」

「先『拔』，才能『植』啊。」

「我今天沒帶健保卡。」

她親了他的臉頰，然後走到門口，打開門。

世傑點頭微笑。他轉過身，走到門口，明麗給他一個擁抱。

「明天一起吃早餐？」明麗問。

「明天一起吃早餐。」

8

明麗醒來時，拿起手機，世傑留了簡訊：

「我出去走走，醒來時Call我，一起吃早飯。」

這則簡訊並不意外，意外的是下一則：

「我從北京回來了，有空見個面？」

是阿川。

她撿起地上的酒瓶和酒杯，在白天的陽光下，紅酒看起來不再那麼誘人。

她和世傑吃早餐時，兩人很有默契，都沒有提起昨晚的事。世傑給明麗看早上出去逛街的照片，明麗興高采烈地給評語。

「想不想去鐵道博物館走走？」世傑問。

「好啊！」

他們走到花蓮鐵道文化園區，一進去就是偉人雕像，四面青草，兩旁老屋，像一所小學。

她和世傑各走各的。園區展示的是懷舊的車站小物，像是沒有撥號鍵的轉盤電話、車廂內給乘客使用的玻璃茶杯、工作人員戴的臂章，還有旅客留言黑板。

「你可以想像當年那塊黑板，幫助多少人找到彼此嗎？」世傑走到明麗身後。

「你又沒那麼老，怎麼知道？」

「我小時候用過那種黑板。我媽說下班後要來接我，我到車站後看不到她。等了半天，我就在留言板寫：媽，我自己先回家了。」

「你媽看到了嗎？」

「她看到了，但回來後叫我要把字練一練。」

「什麼意思？」

「她說我字太醜了，寫在火車站的黑板上很丟臉！」

明麗笑了。世傑又變回那個陽光、幽默的男人。

回家的火車上，他們沒有多聊。上車一搖晃，世傑就睡著了。前座是兩對年輕夫婦，各自抱著嬰兒。明麗看著兩顆定時炸彈，等待他們爆發。但那兩個baby很乖，一直沒有哭鬧。

她拿出手機，她還沒回阿川的簡訊。

她看著旁邊的世傑，熟睡的頭一直敲著車窗。她把他的頭扶正，他抿抿嘴巴，但沒有醒來。

她拿出包包裡，昨晚世傑送她的小籠包肥皂。

她握著「小籠包」，自己也睡著了。

9

在台北車站分手時，世傑擁抱了明麗，「要不要我送你回去？」

「不用了。」

「晚上有空嗎？要不要一起吃飯？」

「改天吧。」

「那你先走，我目送你。」

「還目送嘞，你很老派耶！」

明麗微笑揮別，轉過身向捷運站走去。然後她轉過身來，走回世傑身邊。

「昨晚是真的嗎？」

「當然。」

「你好像只有喝了酒之後，才會喜歡我。」

「我是喜歡你，才喝了酒。」

「告訴我你在想什麼？」她輕聲說。不是質問，而是真正的不解。「我們認識了這麼久，你如果喜歡我，為什麼兩、三年才聯絡一次？約我見面時，卻總是帶著別人？」

她看著世傑的眼睛。

他的眼睛像一口深邃的井，答案在井底，他自己也找不到。

他只是微笑……

「天啊，你牙齒真完美！」

「要用牙間刷。」他笑著說。

「好，我用牙間刷……」她拍拍他的胸膛，「你想想我的問題。知道答案時，告訴我好嗎？」

她擁抱他，然後轉頭離開……

10

禮拜一上班路上，她回覆阿川。

「你待幾天？」

「禮拜三走。今晚你有空？」

「禮拜一最忙。明晚好嗎？」

「明晚也行。七點好不好？哪裡你方便？」

「這禮拜天氣都不錯，我們去散散步吧。」

他們約在敦化南路和信義路交叉口，敦化南路中間人行道的樹下。

她過馬路時，看到阿川在樹下踱步，她不自覺地加快腳步。

「嘿！」她叫他。

他轉過身來，「嘿！」他也用同樣的話回他。

「不好意思我來晚了，老闆抓著我講事情。」

「沒關係，在這樹下等滿享受的。」

「但等15分鐘也太長了！抱歉抱歉。」

「15分鐘算什麼？我等過一天！」

「怎麼會等一天？」

「我們只約好日期和地點，沒說時間。我在咖啡廳等了24小時。」

「哪有咖啡廳開24小時？」

「麥當勞啊！」

明麗笑。

「這是給你的。」明麗把手上的塑膠袋給阿川。

他打開，「哇，是蓮霧耶！」
「在北京應該吃不到。」
「真吃不到！謝謝！」
「這裡好找嗎？」明麗問。
「我在台北住了三十年，敦化南路還找得到。」
「你在台北住了三十年？你到底幾歲啊？」
「你想走敦化南路還是信義路？」
「敦化南路好了，樹比較多。」
他們往和平東路的方向走。
「48。」他回答。
「什麼？」
「48歲。」
「你這麼老啊？」
「那你呢？」
「我36了。但如果你問我媽，她會說40。」
「虛歲差不多了。」
「你口氣很像我媽！」
「我年紀跟她接近，了解她的思維。」
「48歲怎麼還不結婚？」

「我離婚了。」

「喔，對不起。」

「沒關係。那就是人生一個過程。」

「那是怎樣的感覺？」

「記得我教你做的抹茶蛋糕嗎？」

「要五種原料的那個？」

「蛋、牛奶、沙拉油、蜂蜜、黑砂糖。離婚的感覺，就是這些東西全混到一起後，然後手上的鍋子滑掉了，原料全部撒到地上。」

「沒關係，」明麗安慰，「想吃抹茶蛋糕，外面很多店買得到。」

「現在不吃抹茶蛋糕了。」

「那現在的女友是誰？」

「她是一位空服員。」

「空服員都很年輕吧？」

阿川點頭。

「大老闆認識空服員，好有創意喔！」

「你講話很酸喔！要不要改吃素？可以改變酸性體質。」

「我還不到你這個年紀，身體應該還好。」

「『40歲』也該注意了。」

「你跟空服員之間……年齡不是問題？」

「有時候是，生活方式有差別。」

「怎麼說？」

「比如說，她晚睡，星期二晚上還想看電影。」

「喔……」明麗意會過來，「你們待會要看電影？」

好險我買的蓮霧夠兩個人吃。

「那你要不要早點過去？」

「沒關係，她喜歡看晚場電影，我們都約很晚。」

「她住台北？」

阿川點頭。

「長距離ＯＫ嗎？」

「這是另一個問題。」

「那怎麼辦？」

「她常不在，我常回來。」

「這聽起來不是解答，而是另一個問題。」

「哪一對沒有問題呢？」

快走到和平東路，前面亮起紅燈。明麗說：「我不想增加你的問題。她知道你現在跟我散步嗎？」

「我有跟她說晚上跟朋友見面。」

「你朋友一定很多，為什麼約我？」

他們站在敦化南路和和平東路交叉口，浪漫的林蔭大道已經走到盡頭。

「我覺得你很特別，我想認識你。」

「我一點都不特別。我比這些辦公大樓裡的女生，都要平凡。」

「我覺得你特別。女生很少會說自己的名字是名利雙收，很少會捧場我的冷笑話，很少點五分熟的牛排，很少會說除了燕臉，什麼都不會烘。」

「其實這樣的女生很多，只是你不住在這，不認識她們。」

「所以我想認識。」

「認識的目的是？」

「我們為什麼認識別人？就是交朋友啊！」

「就是交朋友？」明麗重複了阿川的話，像美國電影裡，律師質詢證人，證人說出不可置信的答案時，律師會複述一遍。

阿川點頭。

「男人和女人能單純做朋友嗎？」明麗問。

「我不知道。要不要試試？」

「你要拿我當白老鼠？」

「我們都是白老鼠。」

「老鼠只能待在洞裡喔……」

「我們現在不就走在敦化南路？」

敦化南路走到了盡頭，明麗說：「前面到基隆路就不美了，我們往回走吧！」

回程路上聊的，都是無傷大雅的話題：北京夏天熱不熱啊，你最近用什麼APP啦，台北有什麼好吃的新餐廳……

阿川還有約，明麗就主動做結：「你們去哪裡看電影？」

「就在旁邊的梅花戲院。」

「哇，我們滿有默契的，剛好都約在敦化南路。」

「不，我們並沒有默契。是因為你要約在敦化南路，我才和她約在梅花戲院。」

「啊，不好意思，讓你們配合我。」

「沒有，我們本來就喜歡梅花戲院。」

「為什麼？」

「應該是說『我』本來就喜歡梅花戲院。她喜歡去微風、威秀。」

「你為什麼喜歡『梅花』？」

「我年輕時就有的電影院。」

「那你是不是該愛你年輕時就有的女人？」

也許是聊得太自在了，這句話就這樣毫無顧忌、順口而出。

阿川笑，「我年輕時你在嗎？」

他們又回到信義路，梅花戲院已在身後，他們在繞圈圈。

「趕快去找你女友吧。」

「要不要跟我們一起看？」

「不了，明天還要上班呢！」

「兩個小時，還好吧？」阿川力邀。

「不騙你，我很久沒進戲院看電影了。兩小時，對我是奢侈。」

「你不要客氣喔，我跟她說了我跟你見面。」

「你是說了要跟『朋友』見面。」

「有差別嗎？」

「對女人來說是有差別的。」

「那至少跟她打個招呼吧。」

他們掉過頭，從信義路再向和平東路走去。明麗腦中刻畫著女主角的樣貌。

「有照片嗎？」明麗問。

「馬上就看到本人了，看照片幹什麼？」

「本人和照片，哪個比較漂亮？」

「差不多吧。」

「一定有差別。有些人本人比照片好看，有些人照片比本人好看。」

「哪種人本人比照片好看？」

「年輕人。」

「不對。我就覺得你本人比照片好看。」

「你是說我不再年輕了！」

「姊姊，你『40』了耶！」

「我知道，我知道。」明麗配合。

「姊別擔心，走在我旁邊，你永遠年輕。」

他們等紅綠燈時，阿川跟對街招手。明麗看不到她的臉，只看到一個嬌小的身材。

她用「小綠人」的快速步伐過馬路，為了看她本人。

雖然明麗沒看過照片，但她本人的確比任何照片好看。

「Penny，這是明麗。明麗，Penny。」

「嗨，你好！」Penny主動伸出手。

「嗨，Penny！」明麗伸出手和笑容。

「要不要跟我們一起看？」Penny問。

「你們看吧，我看過了。」明麗說。

「好看嗎？」Penny問。

「不錯喔。」

「明麗請我們吃蓮霧。」阿川說。

「哇……謝謝！謝謝！剛好我小腿水腫！」

「剛好我血壓高。」阿川補上。

「剛好我們公司附近有一家水果行！」

這是最完美的句點。

Penny從包包裡拿出一樣東西給明麗，「小東西，跟你分享。」

是一個御守，上面寫著「可睡齋」。

「好可愛！」明麗笑，「是廟嗎？」

「是啊，在靜岡縣，我剛飛了一趟。」

「怎麼會有這麼可愛的名字？」

「德川家康住在那時，跟和尚們講話。一個和尚聽著聽著竟然睡著了！德川家康不但沒生氣，還覺得他睡相可愛，讓他繼續睡，說他是『可睡和尚』。後來這座廟就叫做『可睡齋』。」

「太好了！我最能睡了！」明麗說，「我現在就回家試試，看看靈不靈！」

然後明麗揮手道別，走向捷運站。

「我覺得你很特別，我想認識你。」

「認識的目的是？」

「我們為什麼認識別人？就是交朋友啊！」

她握著「可睡齋」御守，很高興，今晚交了兩位「朋友」。

八月

1

一切回到了原點。

颱風來了。午後下了一場暴雨，她被困在餐廳。她有傘，試著走了幾步，但肩膀全溼，又退回餐廳。溼衣服在冷氣間中，變成一塊冰涼的撒隆巴斯。

她坐在落地窗前，窗面籠罩霧氣。她用手去擦出一個拳頭大的小洞，看著外面車輛的雨刷，賣力地轉動。

她感覺自己的生活變成拳頭大的小洞。

她用手把窗面的洞擦得更大。

如果我注定一個人，那至少洞要大一點。

颱風夜，八點宣布第二天停班停課。她覺得若有所失。不上班，做什麼呢？

她癱在沙發上，快速用遙控器轉台。每台的新聞都一樣，不斷重複颱風動態。轉到政論節目，名嘴們的嘴巴，比颱風的暴風圈還強大。

她轉去看連續劇，突然間聽到手機震動，她抓起手機，才發現震動聲是來自於連續劇的情節。

她躺在沙發上睡著了。醒來時看看手機，兩點半。

她回到床上，就睡不著了。

窗外的風一陣一陣地呼嘯，門外的樓梯間的窗似乎沒有關好，劈劈啪啪地響個不停。

朋友們都在幹嘛呢？她看手機中的群組，今晚出奇安靜。

她隱隱看到窗簾外，搖動的樹影。她試著用瑜伽課上學的腹式呼吸，鼻吸鼻吐、鼻吸鼻吐……讓自己停止搖晃。

颱風假後，她迫不急待回去上班。一早到公司，上網看國內外財經媒體。

她看到美國《商業週刊》上的一篇報導：

「根據經濟學家 Edward Yardeni 的研究，半數以上的美國人處於單身狀態。比1976年的37％，高出甚多。」

她在電腦上標出重點：

「單身者增加對經濟的益處是：單身者比較靈活，願意換工作或創業……」

也許我該換個工作？

她進一步搜尋：

「行政院主計處發表2013年婦女婚育調查，15歲以上女性，總體未婚率32.55％。25—29歲，未婚率79.06％，30—34歲，未婚率44.03％。35—39歲，未婚率25.23％……」

「未婚原因前三名：尚未遇到合適對象、有經濟壓力、工作忙碌。」

未婚原因的第一名是「尚未遇到合適對象」，這需要特別去調查嗎？

她關閉視窗，準備去開會。十點排了跟「稽核」部門的主管開會。他是明麗十年前的同事，最近剛到他們公司。十年不見，頭髮白了一半。

時間過得很快，如果在自己身上看不出來，或想視而不見，在別人身上一眼就清楚。別人在我們眼中老的速度，其實跟我們在別人眼中一樣。

明麗跟稽核部門簡報「風險控管」的流程。主管邊聽邊喝咖啡，努力保持清醒。結束後，他站起來鼓掌，行禮如儀地說：「士別三日，你不可同日而語啦！」

明麗說：「沒有沒有，我還是同日而語，沒有新把戲。」

「中午要不要一起吃飯？」他微笑。

「嗯……」明麗遲疑，「改天吧，下午還有一些事情要處理。」

「飯總要吃啊！我來公司，你還沒幫我接風呢！」

「說得也是！」明麗說，「好吧，幫你接風！」

勉為其難吧，畢竟將來業務上需要他的配合。

他建議開車到天母，明麗覺得太遠，「我下午還要開會！」

其實她不用開會。這樣講，只是希望這是單純而簡短的同事午餐。

他們妥協，開車到公司附近一家高級餐廳。

他用戴著婚戒的手替明麗開車門，喬安全帶。他沒必要做這動作，明麗知道怎麼綁安全帶。

「不可思議，你看起來一點都沒變。」他說。

「老囉……」

「你身材怎麼保持的？」

「盡量不去高級餐廳。」

「那你吃什麼？吃得氣色這麼好？我也想試試。」

「你應該不適合。」

「為什麼？」

「我都喝四物雞精。」

「難怪眼睛這麼有靈性。」

「那是因為戴了瞳孔放大片。」

他搖搖頭，「你還是一樣伶牙俐齒！當你男朋友應該不容易。」

明麗接招，「伶牙俐『齒』？還好啦，我男友是牙醫，治得了我。」

真正沒變的是她的老同事。十年前，他就有很多小動作讓明麗不舒服。十年後，他的小孩已經大了十歲，還是沒改。

到了餐廳，他幫她拉椅子、加水、笑時拍她的肩，都在意料之中。她一切配合，笑容跟義大利麵的醬汁一樣濃稠。

她把這餐當做是瑜伽課：臉部放鬆，肢體伸展，老娘陪你玩。

他談起暑假的家庭度假，「我們去馬爾地夫度假，早上打高爾夫，下午去潛水，你潛水嗎？」

「『馬爾地夫』？是中和那個建案嗎？」

「哈哈，少來，你會不知道馬爾地夫？」他笑，「你潛水嗎？」

「只在網路上潛。」

「那你下次應該跟我去馬爾地夫。我可以教你，保證一天學會。」

你在說什麼？

「真的啊？那麼簡單？可是我連游泳都不會耶！」

「游泳跟潛水是兩回事，你只要會洗澡就會潛水。」他停頓一下，「你會洗澡吧？」

「我不確定耶！」明麗跟他玩，「你也教洗澡嗎？」

他被明麗這一堵，反而接不上來。連忙轉變話題，「洗澡真的也有學問，你去過芬蘭的SPA嗎？」

「沒去過『芬蘭』，但去過『宜蘭』。我們的薪水哪去得起芬蘭？能去宜蘭，回來不堵車，已經很感恩了！」

他沒聽出，或不在乎，明麗的嘲諷。滔滔不絕地描述芬蘭，明麗配合著點頭、微笑、拿刀叉、咀嚼……

吃完飯，走回停車場。他用遙控器把車門打開，她坐進車內，他也坐進來，然後他把四個車門鎖上。

明麗聞風不動。她試著開窗，窗也被鎖了起來。

「要不要去喝咖啡？」他問。

明麗假裝看錶，「哎呀，不行耶，下午要開會，明早還要跟『大老闆』報告。」

她特別強調「大老闆」三個字，算是善意的提醒。

一輛要出場的車從他們車前快速開過。

「你看那輛車開得好快！」明麗說。其實她的意思是：「你看這停車場有好多車進進出出！」

「是啊！」他虛弱地回應。

「下次吧。」明麗轉頭看他，給他一個鼓勵的微笑。

「好，下次。」

他很識趣地發動車，開出停車場。

「你要回公司開會？」他問。

「是啊！」明麗說。

「那我在路口放你下來。我下午有個會在外面。」

他真的把明麗丟在路旁，呼嘯離去。

他的車排出廢氣，噴到明麗臉上，明麗抹掉。

如果這就是社會上認定的成功男人，我為什麼需要一個男人？

2

明麗當然沒開會，第二天也沒跟「大老闆」報告。她的層級沒機會看到大老闆，更別說跟他開會。她的層級需要花一整個下午的時間，回一堆沒有意義的Email。

快下班時，一箱快遞放在桌上。

「你團購啊？」Jenny說，「怎麼沒揪我？」

「那天去花蓮，想買但沒下手，回來後上網買的。」

Jenny用力搖，發出撞擊聲。

Jenny降低音量，「這麼硬，是性愛玩具嗎？」

「你好內行喔。」明麗眨眼。

Jenny劃開膠帶，撐開紙箱。

「這什麼啊……」Jenny大叫，「無聊！」

那是她在花蓮看到的木製衛生紙盒。

「你看……」明麗把木盒拿過來，跟Jenny介紹，「這旁邊上有個洞，還做成樹的形狀，這樣你就可以看到裡面還剩幾張衛生紙。」。

Jenny皺著眉，「用完不就知道用完了？幹嘛要事先知道？」

「萬一用完時你剛好坐在馬桶上怎麼辦？」

「叫我男友去拿啊。」

「但我沒有男友啊！」

「沒男友，你需要的不是衛生紙盒，而是我想團購的東西……」

「唉呀，我不需要啦……」

「別ㄍㄧㄥ了。」

「不是ㄍㄧㄥ。而是你怎麼知道我沒有呢？」

「要不要試試speed dating？」Jenny問。

兩人爆笑。

「蛤？」

「現在很流行喔！」

「很尷尬吧！」

「我們一起去，就當作是玩玩吧。」

「跟你競爭我吃虧耶。」

「這不是比賽，每個人都可以選三個人，互相選到彼此，才會拿到彼此的聯絡方式。」

「對我來說太新潮了！」

「你不要跟老闆一樣好不好？試試看年輕人的想法嘛！」

這句話戳中了明麗。也許，比年華老去更可怕的，是觀念的老化。

這不是我單身的最後一年嗎？那就好好玩玩吧！

3

但這樣的雄心大志，到了現場立刻消失。

走進餐廳，一個穿著T-sihrt、短褲、海灘鞋的男生也跑進來，還撞倒她們。

「我先走了！」明麗跟Jenny耳語。

「八對八，你走了就少一個女生。」

「我不管。」

Jenny抓住明麗的手，「除了粗魯的海灘男，還有七個可以選啊！」

「他們都太年輕了！不是我的菜。」

「偶爾嚐嚐小鮮肉嘛！」

「我不知道要跟小鮮肉聊什麼。」

「七分鐘，聊聊星座血型就結束了！」

明麗錯過開溜的最好時機。主辦人出來講話了，「時間差不多了，請大家就坐吧，先隨便坐沒關係。」

「就假裝你才25歲吧！」Jenny緊抓著明麗往前走。

這怎麼假裝？大家都看得出來啊！

這是一個變裝派對，但我忘了變裝。

主持人說明規則，「待會就請女主角坐在固定座位，男主角換座位。每回合聊七分鐘。七分鐘一到，請男主角換到你右邊的座位。」

坐在明麗對面的，剛好就是海灘男。

「嗨！」明麗露出了職業的笑容。

「嘿！」海灘男呼應。

然後兩個人都沒有說話，像收音機突然斷訊。

明麗湧上身為長輩的責任感，主動打破尷尬，「你是什麼星座的？」

「射手。」

然後又是沈默。

您老兄也至少回問我一下嘛！

「你什麼血型？」明麗問。

「AB型。」

「真的啊？AB型很少見耶！」

「不會啊，我們家就兩個。」

七分鐘怎麼這麼漫長？

「你今天去海邊？」

「沒有啊。」

「那怎麼一身海灘裝？」

「這是海灘裝嗎？我每天都這樣。」海灘男打量著她，問出第一個問題，「你這樣穿不熱嗎？」

「是很熱。但沒辦法，公司裡大家都這樣穿。」

明麗期待他問她在哪裡工作，但海灘男說：「這幾天真的好熱喔！感覺比七月還熱，也許我該聽你的建議，到海邊走走。」

「你衝浪嗎？」明麗順著他的話。

海灘男搖頭。

「潛水？」

也搖頭。

「游泳？」

也搖頭。

「那你去海邊幹嘛？」

「就是沿著海灘，走一走，吹吹海風啊！」

「去過春吶嗎？」明麗問。

「什麼？」

「『春天吶喊』。」

「沒有。」

也許我不是這裡最老的。

「聽說那裡有很多辣妹喔……」明麗說。

「還好啦！」

「嘿，你去過馬爾地夫嗎？」

呵呵，海灘男笑了出來。

七分鐘鈴響時，明麗感覺像跑了一千公尺。

下一個坐到她面前的，是戴著細框眼鏡的斯文男。

「嗨，我是Willy。」斯文男伸出手來跟她握手。

「嗨，我是明麗。」

「明麗在哪裡高就？」

「我在銀行。」

「喔，跟Jenny一樣！」

「我們是同事！那你呢？」

「我在一家日商貿易公司。」斯文男用吸管喝了一口冰紅茶，「明麗常來speed dating嗎？」

幹嘛明麗來明麗去的，不能說「你」嗎？

「第一次，你呢？」

「我參加好幾次了。」

「這次跟之前有什麼不同？」

「今天總算到齊了，前幾次都有人臨陣脫逃。」

「那怎麼辦？」

「工作人員只好自己跳下來補位。」

明麗點頭。她得趁機溜走，反正工作人員可以補位。

「明麗平常星期五晚上都在幹嘛？」
「為什麼你一直用『明麗』來稱呼我？」
「你不是叫『明麗』嗎？」
「是沒錯，但我就坐在你對面，為什麼你不直接說『你』，而說『明麗』呢？」
「喔，對不起，我把日文語法用在中文了。失禮了！」
「不失禮，不失禮，我覺得很可愛。」
第三個男生問他，「你喜歡吃中餐還是西餐？」
「西餐。」明麗說。
「為什麼？」
「因為我單身，西餐比較好點。」
「如果你跟十個人一起吃呢？」
「我還是喜歡西餐。」
「為什麼？」
「因為我怕胖，中餐比較油。」
「西餐的奶油也很肥好不好？」
「不塗奶油啊！」
「可是他做菜的時候都加下去了啊！你知道蛋糕裡加了多少奶油！」
「我不想知道。」
「哈哈，逃避現實！」

「當然囉，這是基本生存技巧。那你呢？你喜歡吃中餐還是西餐？」

我把你的問題反問你一遍，時間就到了吧。

「我喜歡吃泰國菜！」

「你喜歡吃辣？」

「我喜歡吃酸。」

「很少男生喜歡吃酸吧？」

「我就喜歡，所以我喜歡『吃醋』。」

泰國男自己笑了出來，明麗也捧場跟著笑。

我現在好想吃奶油！

第四個男生換位子時，明麗想去上廁所，然後一走了之。她給旁邊的Jenny使個眼色，Jenny看出她的意圖，皺眉警告她。

第四個男生坐下。

「你買了什麼？」明麗看到第四個男生提著一個紙袋。

「喔，」男子笑笑，「我買了一把刀。」

明麗故作鎮定，「買刀幹什麼？」

「喔，這是用來切蛋糕的。你要不要看一下？」男子作勢去拿。

「不用了不用了！」明麗連忙制止，「切蛋糕需要專用刀？」

「有差！」男子認真地說，「用這種刀，小蛋糕也可以平均切成十份，不會塌下來。」

「你家人很多？」

「我一個人住。」

「那為什麼蛋糕要切成十份？」

「偶爾朋友辦生日趴的時候會用到。」

「所以你都帶著這把刀去參加生日趴？」

「還會帶比較好看的蠟燭。」

第五個男生體格很好。

「你常運動？」明麗問。

「我大學時打羽球。」

「現在還打？」

「上班後就沒時間打了。」

「我一直想學羽球。」明麗做球。

「真的啊？」除了這三個字，他沒別的反應。

「你覺得初學者要多久才能上場比賽？」

「要看情形囉！」

「你看我這樣呢？」

「你站起來。」

明麗站起。

「轉一圈。」明麗照做。

「大概半年。」

「半年！」

你是看臀圍嗎！

「你認識好的教練可以介紹給我嗎？」

「不好意思……」

然後那男的從口袋中拿出手機，開始回訊息。

明麗東張西望，以為他只回一兩秒鐘。但一分鐘過去，羽球男仍在滑手機。

你是順便上網買東西是不是？

明麗轉頭去尋找工作人員，像NBA場邊教練要跟場上的裁判抗議。報告裁判，這算是技術犯規吧。

她站起來，走去上廁所。那男的繼續滑手機，完全沒注意到她離開。

她想從廁所溜走，但那是地下室，廁所沒有窗。

她從廁所走出來，打開水龍頭。有省水設定，水量微弱地要窒息。

她回到現場，第六個男生已經坐在那邊等她。

「不好意思，去洗手間。」明麗說。

「水量很小喔！」

「你怎麼知道？」明麗眼睛一亮。

「我剛才有去過。」男子苦笑，「幹嘛那麼小氣？誰會那麼無聊，跑到這裡來浪費水！」

「就是嘛！」明麗情不自禁地叫出來。

她迅速打量這男子，他穿得很休閒，看起來不是上班族。

「你做什麼工作？」明麗問。

「我做設計。」

「哇，好有趣！」

「你呢？」

「我在銀行上班。」

「哇，好無趣！」

明麗笑出來。這是今晚他第一個真心的微笑。

「你喜歡聽音樂？」明麗問。

「你怎麼知道？」

明麗指著他的包包中露出的耳機。

「是啊！」

「我可以看你手機裡的音樂嗎？」

「好啊！我們交換看吧。」

他們各自拿出手機，打開手機的歌曲清單。

「我可以先看你『最近播放過的歌曲』嗎？」明麗問。

「當然！」

明麗看到：貝多芬交響曲、莫札特K.183、莫札特K.304……

「哇，你聽很多古典音樂耶！」

「我也聽別的啊！」

明麗往下滑，看到陳奕迅的〈十年〉、五月天〈垃圾車〉、蘇打綠的〈他夏了夏天〉……

「最近聽什麼中文歌？」明麗問。

「這裡……」

然後明麗在他的「最近播放過的歌曲」，看到這一首：

「賈立怡，〈Love Is Most Beautiful〉」

這是緣分嗎？

「你也喜歡賈立怡？」明麗抬起頭看他。

「你知道賈立怡！」

「〈Love Is Most Beautiful〉，我最近才在朋友婚禮上聽到！」

「真的！」設計男舉起手，邀請明麗擊掌，「我朋友都不知道她。」

「我跟賈立怡同年耶！」設計男說。

「哇……」明麗讚嘆。

我們三人都同年。

然後設計男輕輕哼著：

「緊握著你的手，再也不會一個人走

這是我的感受，莫名的感動，卻說不出口……」

「你會唱啊！」

「找一天一起去唱歌！」設計男說。

「我們一定有很多共同的歌！」

她回到設計男的總歌單，從1畫的歌開始看。有些她聽過：〈一樣的夏天〉、〈愛情轉移〉。但很多她都沒聽過〈一場空〉、〈女爵〉……她跳到英文歌，從「A」開始，第一首她就眼睛一亮！

「你也喜歡〈Accidentally in Love〉！」明麗的聲音接近歡呼了！

「一聽就開心的歌！」

「《史瑞克》的主題曲！」

「你喜歡主唱『Counting Crows』？」

「喜歡啊！」其實明麗不知道〈Accidentally in Love〉的主唱是誰。

「我喜歡他們的〈A Long December〉。」設計男說。

「〈A Long December〉……我沒聽過，你手機裡有嗎？」

「怎麼可能喜歡『Counting Crows』卻沒聽過〈A Long December〉！」

「可能我聽過但忘記歌名了，你手機裡有嗎？」

「當然！」他把手機拿過去，很快地找到，「要不要聽？」

明麗點點頭。

他從包包中拿出耳機。

「介意用我的耳機嗎？」

「不介意。」

他把耳機插上手機，交給她。她把他的耳機塞進自己耳中……

鋼琴前奏、憂鬱氣氛。然後歌手開始唱：

"A long December and there's reason to believe

Maybe this year will be better than the last......”

她聽不太懂，但歌詞並不重要，她只是在聽這樣的氛圍。

「怎麼樣？」他問。

「跟〈Accidentally in Love〉風格差好多！」

「但還是很有味道，十二月聽更有感覺！」

「最好在冷風之中！」明麗說。

「你怎麼知道！它的MV剛好有一幕，是主唱在冷風中，站在街頭，戴個帽子，背景是motel模糊的霓紅燈。」

「你怎麼記得這麼清楚？」

「看了幾十遍！」

「你喜歡這種憂鬱的歌啊？你很文青喔！」

「你也很文青啊！」

「我完全不文青，」明麗笑說，「我很實際。」

明麗把耳機拿下，手機還給他。

「實際，怎麼會來speed dating？」設計男問。

「就是實際，才會來speed dating。七分鐘就見真章。」

「七分鐘太短了吧？」

「怎麼會……對某些人來說……」明麗斜瞄旁邊剛剛那位發簡訊的男生，「七分鐘太長了。」

設計男接收到了，對明麗眨單眼。

「那你呢？你怎麼會來speed dating？」明麗問。
「可以說實話嗎？」
「當然！」
「我是來幫忙的。」
「幫忙？」
「主辦人是我朋友，臨時有個男生不能來，我辦公室就在附近，他找我來支援。」
明麗的笑容慢慢縮小，像地下室洗手間水龍頭的水量。
「其實我有女友了！」

4

禮拜一一早在高雄開會，她禮拜天中午就上了高鐵，跟春芸約喝下午茶。春芸要她把星期天晚上的時間也留下，介紹一個高雄的男生給她。
「他有女友嗎！」
「當然沒有！」
「我怕了，要先問清楚。」
「我跟本人確認過，沒女友、沒男友，甚至連臉友都很少，生活單純。」
年輕時，她們約在賣蜜糖吐司的甜點店。現在，她們約在百貨公司的童裝部。
「不好意思，這裡超沒情調。但好處是小朋友有地方玩。」春芸抱歉。
「這裡很好啊！一邊聊天一邊看人。」

「這裡看到的男人，都是爸爸。」

「會帶小孩來這裡的爸爸，應該是好男人。我想看看，好男人長什麼樣子。」

她們坐在電扶梯旁邊的椅子，看著春芸的兒子騎電動木馬。每一次只有一分鐘，春芸必須不斷站起來投幣。

「有小孩就是這樣，沒辦法專心，事情會不斷被打斷。」

「沒有小孩也是這樣好不好，手機會一直打斷你。」

「但手機可以關機，小孩不行。」

「可以交給爸爸嗎？」

「我老公五十幾歲了，哪帶得動？」

「跟大叔交往的感覺怎麼樣？」

小朋友對木馬失去興趣，跑到遊樂區玩別的東西。春芸和明麗站起來，跟著他跑。

「嗯……有點像訂報紙。」

「怎麼說？」

「很穩定。你知道他每天固定時間會來。但內容不即時，也不互動。」

「不互動是什麼意思？」

「我老公是教授，本來就內向。年紀大了話更少，你問他三句，只有一句有反應。」

「那你怎麼受得了！你這麼喜歡講話。」

「所以你約我出來，我好樂。」

「不能溝通嗎？」

「這怎麼溝通？他個性就這樣。」春芸陪兒子跪在地上，明麗跟著跪。春芸指著地上的動物圖案，「我老公就像這隻烏龜，外殼非常堅硬。」

「追你的時候也是這樣？」

「追的時候當然比較熱情，嘴甜。我記得我曾問他：『你年紀這麼大，有沒有前一段婚姻？』」

「他怎麼說？」

「『沒有前一段婚姻，沒有後一段婚姻，這輩子就跟定你了！』」

「真會說話！」

「婚後就不做對聯了。」

「教授也這麼善變？」

「這跟教授有什麼關係？男人都這樣吧。」

「我以為老一點的男人會比較體貼。」

「老一點的男人就是比較老，不會比較體貼。」

明麗嘆氣。

「幹嘛，最近有認識老男人？」

「也沒有。最近認識一個大叔，但後來發現他有女友了，」明麗說，「他倒是滿有趣的，他說：他想認識我，跟我交朋友。」

「那就交啊。搞不好，朋友就變成男朋友。」

「我不期待。她有一個甜美的小女友，連我都喜歡。」

「搞不好他的小女友，現在也在某個百貨公司，跟她同齡的朋友抱怨，大叔的種種不是……」

「她們應該不是在童裝部。」

「她們應該在台北東區，點著咖啡上噴鮮奶油的飲料，邊聊邊自拍。」

「但事實上又不是這樣。我見過他女友，氣質很好，感覺很有深度。」

「那就比比看囉，你也很有深度啊！」

「我嗎？」明麗笑，「我只剩鮪魚肚了。」

孩子尿溼了，兩個人進廁所換尿布。

春芸的動作熟練，邊換邊說，「那個大叔想跟你交朋友，就試試看。反正你們都在『開發客戶』。」

「這你內行，我不行，我只會風險控管。」

「那更要開發客戶！」春芸說，「如果想生，要趁四十之前。四十歲之後，真的很難。」

「可以不生，只當你兒子的乾媽嗎？」明麗抱起孩子。

抱起後才發現：一個小孩比外表看起來更重。

「我兒子一年見你幾面？其他時間你抱誰？」

春芸總是這樣誠實。

「搞不好我對小孩的耐心，也僅止於一年一、兩次。」

「當媽之前，沒有人知道。當媽之後，知道也來不及了。」

聊了兩小時，孩子吵著要回家了。

「我們先把他送回家，再去餐廳跟那男生碰面。」

「怎樣的人？」

「先聲明，不是你以前交往過的那種都會型男，是我老公學校的同事。」

「也是教授？」

「是行政人員。他姓徐，我們都叫他徐組長。人不帥，錢不多，但我見他幾次，覺得他不錯。」

「哪裡不錯？」

「很樸實的一個人。」

這些描述，把明麗的期待降到最低。

春芸注意到明麗的表情變化，連忙推銷：「他有一種奇特的幽默感。比如說，我說要介紹你給他認識，他跟我打聽你的Facebook。我問為什麼。他說要看看你臉書上的照片，有沒有固定跟某個男人的合照。我說如果有的話就不追了嗎。他說正好相反，如果有的話他就會追。我問為什麼，他說那代表競爭對手只有一個，不會太難。」

明麗笑。她交往過的都會男，沒一個有這種自信。

春芸加碼，「我跟他說，我約你們見面，我坐一下，然後先離開，讓你們兩人自己聊，希望他不介意。他說，當然不介意，只希望女主角不要也只坐一下，就先離開，讓我自己跟自己聊。」

突然間，明麗期待晚上的見面。

明麗說：「你是賣聖誕燈飾的耶！什麼時候開始那麼重視樸實？」

「那是一個很自然的過程。年紀變大，看到生活中很多困難，就開始對簡單的美好心存感激。」

「年輕時對於幸福的定義，都太抽象，太崇高了？」

「是啊！年輕時想要找白馬王子，現在有個穩定的伴侶就覺得幸福了。年輕時覺得錢包要滿滿的才幸福，現在覺得手機滿格就很幸福了。」

明麗拿起手機，「我滿格耶！」

「耶！」春芸附和。

「但為什麼我沒有感覺幸福？」

「那是因為，你還沒有走到，收不到訊號的地方。」

「但我感覺到訊號越來越弱了……」明麗說。

春芸抓起她的手，放了一個東西在她手上。

明麗打開手掌……

是春芸婚禮上那個紅色心型胸章。

春芸把明麗的手闔上，「訊號太弱時，我就是你的『熱點』。」

5

走進餐廳，明麗一看見徐組長，就放鬆了。他的穿著、髮型、說話的語調，都讓人覺得這頓飯是在家裡，不是餐廳。

春芸吃到一半，藉口小孩吵著要媽媽，自然地離開，剩下她和徐組長。

「吃個甜點？」徐組長把菜單翻到最後一頁，「他們的豆沙小籠包很有名。」

「最近胖了，不敢吃太甜。有沒有不那麼甜的小籠包？」

「蟹粉小籠包不甜。」

明麗笑了出來。的確，他有一種奇特的幽默感。

他們還是點了豆沙小籠包。「吃不完沒關係，我明天當早餐。」徐組長說。

「現在同學好帶嗎？」

「越來越難帶了！上禮拜有同學來我們辦公室，說要申請成立『性服務社』。」

「哇……這怎麼處理？」

「我問的第一個問題是：『你們社費要收多少錢？』」

明麗笑，「他們怎麼說？」

「他們說我們不收社費。」

「為什麼？」

「我也問為什麼，」徐組長說，「他們說因為使用者會付費。社員不但不需繳會費，還會賺到錢。」

「他們真的說『使用者』？」

「我就問他們：你們心目中的『使用者』是誰？他們說：任何師生，包括你。」他們指著我說，「你不是還未婚？」

「他們真的這麼說？」

「真的！」

「你有沒有生氣？」

「沒有。但我假裝生氣說：什麼意思？你是說我結婚後就不能用你們的服務了嗎？」

明麗又笑了。

「你的工作需要跟年輕人打交道嗎？」徐組長問。

「坐我旁邊的同事很年輕，才二十幾歲。不過我們談得來。」

「那你一定心態很年輕！」

「沒有，是他們的心態很老成。他們這世代機會少，錢難賺，他們被逼著提前變老。」

「學生想開『性服務社』，也是提前變老了。」

服務生收盤子上甜點，給他們改變話題的機會。

「下班後，你都做什麼好玩的事？」徐組長問。

她毫不避諱，「其實我的生活滿boring的。以前有長假時，還會跟朋友去旅行。這兩年朋友都生小孩去了，旅行團就散了。」

「我也喜歡旅行！你們都去哪裡？」

「最常去日本。」

「去過京都嗎？」

「還沒。」

「有機會一定要去京都走走。」

「為什麼？」

「傳統跟現代結合地很好。然後傳統中，大的和小的都值得一看。」

吃完甜點，她看看錶，快十點了。他看她在看錶，便說，「早點回旅館休息吧，我知道你明天一早要開會。」

「交換一下聯絡方法吧。」明麗說。

他們掃描了彼此的帳號。

「要不要我送你回去？」走到餐廳門外，徐組長問。

「不用了。我的旅館就在附近。」

他不勉強，在餐廳門口，跟她道別。

「要不要把這幾個豆沙小籠包帶回去？明天當早餐？」他問。

「那你呢？」

「我有了。明早我光嗑糖尿病的藥就飽了。」

她笑。

「其實沒那麼甜。」他說。

「對，」她附和，「其實沒那麼甜。」

回到旅館，春芸問她：

「覺得怎麼樣？」

「他真的很好笑。」

「想進一步認識嗎？」

「我們沒有火花，但有暖流。值得進一步嗎？」

「你是說他像潮汐，不像漩渦？」

「你這比喻更好！」

「只有這樣，才值得進一步！」春芸寫。

「愛情是漩渦，婚姻是潮汐？」

「而高雄是個美麗的海港。」

幾天後，徐組長LINE明麗，附了一張京都寺廟的照片：

「京都寺廟很多，這是我最喜歡的一個小廟，叫『常寂光寺』。光聽這名字，就很浪漫對不對？如果真的去了京都，可以去逛逛。拍張照片跟我分享。我去過，是夏天去的。但我想看『常寂光寺』在不同季節的樣子。」

明麗把常寂光寺的照片存下來。常寂光寺不是她對京都的印象，天龍寺才是。就像徐組長不是她對男友的印象，那些都會型男才是。

但這一次，她決定用不同的眼光，好好端詳……

幾天後，徐組長傳來「性服務社」的社團申請單給她看。她回覆：

「快開學了吧？對學生是一個新的開始。對你呢？你有什麼新計畫？」

對我呢？我有什麼新計畫？

九月

1

九月的台北，跟七月一樣熱，但公司給了她一個避暑的機會：到北京出差。

在北京辦公室關了一個禮拜，禮拜五中午終於把公事辦完了。她發了一個訊息給阿川。

「來北京怎麼不早說！下午有空嗎？」

「有。喝杯咖啡？」

「去過頤和園？」

「『頤和園』咖啡廳？」

「不，慈禧太后的頤和園。」

「你用慈禧太后的規格接待我？」

「當然！」

她對北京沒概念，問了飯店才知道去頤和園要一路開到西邊。她坐上出租車，兜了一小時。

他們約在東宮門。下車後人潮擁擠，她拿起電話打給阿川，奇妙的，他剛好迎上來，看起來矮了些、瘦了點。

「怎麼這麼巧！」她說。

「有緣吧！」

他主動伸出雙臂來擁抱她，她自然地接受。

「你知道我為什麼跟你約在這裡嗎？」

「為什麼？」

「你看……」阿川抬頭指著牌樓上的字。

「『涵虛』……『罨秀』，那是唸『安』秀嗎？」明麗問。

「『淹』秀。」

「什麼意思？」

「這是乾隆的筆跡。『涵虛』是包含了天地萬物的意思。『罨秀』是捕捉美麗景色的意思。」

「好美，但這跟我們約在這裡有什麼關係？」

「『罨秀』，捕捉美麗景色，跟『明麗』……」阿川引導她，但她反應不過來。

「你的名字『明麗』，你的名字就是捕捉美麗景色，你就是『罨秀』啊！」

這是什麼邏輯？

「喔，謝謝……」這是她唯一能有的反應。

「北京那麼多景點，你難道不好奇我為什麼帶你來這？」

「就為了這塊牌子？」

「就為了這塊牌子！」

她笑，他們真的有代溝。

往前走，入口處有人上前推銷導遊服務，阿川揮手拒絕。

「這裡你很熟？」明麗問。

「小時候歷史不是讀過嗎？」

「我們讀的版本可能不一樣。」

「但八國聯軍打到頤和園，應該都有學吧？」

「真不記得了。」明麗說，「要不要請個導遊，複習一下。」

「不用啦！」阿川說，「我沒資格當導遊，但騙騙你綽綽有餘！」他指著門前的銅獅子，「這兩隻獅子，分得出男女嗎？」

「我連人是男是女都分不清，別說獅子！」

「右邊是雄的，左邊是雌的。」

「完全看不出來！」明麗說，「為什麼要知道獅子的性別？」

阿川瞪她，「說得也是！但專業導遊都會這樣介紹，我也就這樣介紹了。」

他們從東宮門進去，走進仁壽殿。

「慈禧太后當年辦公的地方。」

明麗指著看匾額，「『慈暉懿祉』……」

「光緒皇帝說，他的母后對他恩重如山，他希望託母后的洪福。」

「我不知道慈禧是這麼好的媽媽。」

「匾額當然要這樣寫，就像臉書上都寫好話一樣。」他們在匾額下繞了一圈，「慈禧不是光緒的媽，光緒的媽是慈禧的妹妹。」

「好複雜。」

「不會比今天的社會關係複雜。」

「那是你吧！我很單純的。」

「住在台北怎麼會單純？大家來往這麼容易。住在北京才單純，上哪都要一個小時，自然就不想亂跑了。」

「那你要很感動，我可是花了一小時特別來這裡見你。」

「感動，感動，謝謝老佛爺！」

「老佛爺」走出仁壽殿。

「想看宮廷的話，前面有玉瀾堂，是光緒住的地方。想看湖，我們可以去踩湖上的船！」

「我們就沿著湖邊散散步吧。我也不能走太久，待會要趕飛機。」

「沒關係，我送你去機場。」

「你開車？我以為你都坐地鐵。」

「我是坐地鐵。我是說坐地鐵送你去機場。」

「哈哈，創業這麼辛苦啊？一把年紀了還坐地鐵。」

「我有車，但車上有司機，聊起來不痛快。」

「地鐵上不也有別人。」

「但地鐵上的人不認識我們。」

「我們要聊什麼敏感話題？為什麼不能有認識的人在場？」明麗逗他。走進慈禧太后的地盤，她也變得刁鑽。

「想聊什麼都可以。如果真想坐車，我也可以叫司機來。大不了明天換一位司機。」

「換我比較快，明天我就不在了。」

他們沿著湖邊走，風像紗撲上來。空氣中有花香，一叢叢的花也聊著不可告人的祕密。柳樹由綠轉黃，湖水映照出來的紅亭，也閃著黃光。

「這是『知春亭』，你知道為什麼叫『知春亭』嗎？」

「『春江水暖鴨先知』！」

「聰明！」

「水真的是從這邊開始解凍？」

「我沒目睹過，但理論上是這樣。」

他們在亭子上眺望著整個湖。

「那有『知秋亭』嗎？」

「不用『知秋』了，你看這些柳樹的顏色就知道是秋天了。」

「那個橋好漂亮！」

「那是十七孔橋。」

「我們走過去。」

他們沿著湖邊走，明麗說：「看起來你很喜歡北京！」

「我也喜歡台北啊！只不過我現在住在這裡，對這裡熟一些。」

「你不怕冷啊？才九月，我就覺得冷了。」

「還好。我喜歡四季。我喜歡有春夏秋冬的感覺。」

「台灣四季如春不是更好？」

「台灣四季如春一定比較舒服，但北京四季分明比較有情調。」

「暴風雪時也有情調？」

「暴風雪時就呆在家裡囉。紅泥小火爐，喝杯小酒，透過窗子看外面的雪景，很有情調。」

「你過的真的是老人生活。」

「是啊，我早上五、六點就醒了。」

「為什麼？」

「睡不好。老人家都會這樣。」

「早上五、六點起來要幹嘛？」

「看看書，等著天慢慢亮。」阿川說，「到了一個年紀。好像只等兩件事：天慢慢亮，或天慢慢黑。」

阿川的口氣有些落寞，像由綠轉黃的柳葉。明麗說：「你好像對年紀很敏感。」

「可能是中年危機吧！」

「我也是。」像湖邊柳樹的支幹，明麗很柔軟地在他面前承認了，「今年以來，我也覺得自己有中年危機。」

「你才『40』耶！」

「女人的中年危機來得比較早吧！」

「哪有這種說法？」

「畢竟，我們還得保留一些時段給更年期。」

「那女性中年危機的徵狀是什麼？」

「想當慈禧太后。」

「野心太大了吧！」阿川說，「慈禧太后垂簾聽政是26歲耶！您太晚了吧……」

「我不想垂簾聽政，我想有個自己的家。」

阿川看著湖面，點點頭，「過了40歲，或45歲之後，你會發現時間過得很快，過了後好像什麼都沒留下。如果有個家，有個孩子，孩子的成長，是你唯一證明時間存在過的方法。」

「你講得一副養過孩子的樣子。」

「我是沒孩子，但我做這家公司，有點養孩子的心情。我想做出一點什麼，跟時間對抗。」

「但我也會想，這樣對孩子公平嗎？為什麼他們一出生就要幫我們跟時間對抗，填補我們的空虛？」

「所以要好好養他們，讓他們的生命，有自己的價值。」

他們走到銅牛旁邊，明麗說：「它永保青春，沒有中年危機。」

「要不要幫你拍張照？」

「我們一起拍吧。」

「我請別人幫我們拍。」

「不用了，我們自拍。」

明麗拿起手機，伸出右臂。阿川顯然不常自拍，位置和姿勢都像銅牛一樣僵硬。

「你要過來一點，這樣才拍得到我們三個。」

「三個？」

「加上牛啊！」

明麗拍完，其他遊客立刻擠過來拍照，把他們逼到一邊。明麗給阿川看。阿川看了後說：

「這張應該叫老牛吃嫩草。」

「你又沒有吃我？」

「我是說這隻銅牛跟旁邊的柳樹啦。」

那一刻，明麗覺得：他們是可能成為「朋友」的。

2

時候不早，還要趕飛機，他們離開頤和園。

「星期六你趕回去幹嘛？多留一天吧！我帶你去逛逛胡同。」

「旅館都退房了。機票也不好改。」

「機票怎麼會不好改！我每次坐飛機都改機票！旅館更不是問題，你可以住我家。」

「太麻煩了！」

「你別客氣。我台灣來的朋友很多，都住我客房，有自己的衛浴設備，很方便的。」

他們回到旅館。他站在大廳幫她打電話給航空公司，她去拿寄放的行李。拿到行李，看了看時間，剛好來得及去機場。她遠遠看著他認真把她打點的模樣……

秋天、北京、星期六。她的心意，像樹葉，慢慢變了顏色。

「沒人接。」阿川說，「不過明天一定有位子啦！」

就交個「朋友」吧！

「北京最好的餐廳在哪裡？」她問。

他興奮地幫她拿起行李，「我帶你去。」

他心目中北京最好的餐廳，是他家。

他家在大樓的10樓。空蕩的客廳，只有兩張椅子，和一台沾滿灰塵的跑步機。

「這是客房……」他帶路，「這邊是浴室，這裡有毛巾。」

他還幫她準備了一支新牙刷。

「好專業，像旅館一樣！」

「我真有些朋友把這客房當旅館！」

包括你女友。

但她不想說這句話，這麼掃興幹嘛？

「包括你女友？」她還是說了。

既然要做朋友，有什麼不能談的呢？

他笑笑，「我女友不住客房，她跟我睡。」

他離開，準備晚餐。她換上運動衣褲，準備交朋友。

她走進廚房，他正翻箱倒櫃。

「你想吃什麼？」阿川問。

「我就吃你平常吃的。」

「我平常都吃麵。」

「那我就吃麵。」

「太怠慢了吧！」

「不會。我想體會你平常在北京的生活。」

「體會我平常在北京的生活？那我們得去我公司加班，我很少這麼早回家！」

「晚一點吃沒關係啊！」明麗說，「但我可以有一個特殊要求嗎？」

「什麼？」

「抹茶蛋糕！」

他教她做抹茶蛋糕，就像那天簡訊教學的步驟一樣。先準備蛋、牛奶、沙拉油、蜂蜜、黑砂糖。他帶她篩低筋麵粉和發粉，然後攪拌，就像電視上《帥哥廚師到我家》的主廚。而她也像那些節目中的女生，稱職地表現對於廚藝的笨拙。

縱使換上運動褲，她仍處於備戰狀態。

「還記得要把攪拌的成果倒在哪裡嗎？我告訴過你的……」

「我哪記得！」

「瓷盤啊！」

「喔，想起來了！然後要一個平底鍋，加熱水，把瓷盤放進平底鍋蒸！」

「嗯，記性不錯嘛！」

他讓她自己操作，結果做出來的顏色和質地，看起來像發霉的蘿蔔糕。

「你敢吃嗎？」明麗端起盤子。

他沒回答，拿起湯匙，攪了一大口吃了。

「怎麼樣？」

「你有加糖嗎？」

「哎呀，忘了！」明麗驚呼。

最後端上桌的，是兩碗炸醬麵、一碗青菜豆腐湯、一個像發霉的蘿蔔糕的無糖抹茶蛋糕，和北京的秋夜。

「你陪我吃飯，我就可以開酒了。」阿川興高采烈走到廚房的櫃子，跪在地上找酒，「你可以喝兩杯吧？」

「不用費心找酒了，我不能喝。」

「不是什麼好酒，只是我平常一個人喝不完，捨不得開。」

他從櫃子內側抓出一瓶酒，然後站起身。他轉過身，把酒捧在胸前，像是一束要送給她的鮮花……

而那瓶酒的標籤也的確像鮮花：白底紅字，寫著「Penfold's」。

明麗凝止。

「你喜歡澳洲酒嗎……」

阿川注意到她的驚訝表情，「你不喜歡澳洲酒？」

「不是……」

「你看起來很驚訝。」

「我很驚訝。」

她在台北超市買的酒，出現在北京。

3

打開酒，看手機，九點了。

「你平常都這麼晚吃？」明麗嚼著北方風味的粗麵條。

「晚一點吃好，熬夜時肚子不會餓。」

「創業太辛苦了！」

「時間倒還好，主要是體力。這裡創業的都是二十幾歲的小伙子，速度很快，我趕不上他們。」

「想回台灣嗎？」

「我常回去啊！」

「我是說搬回去？」

「幹嘛？當逃兵嗎？」

「你來北京才是當逃兵吧……」

「逃避的定義不是放棄某個城市，而是放棄你在做的事情。」

「你在做的事情，台灣也可以做吧。」

「但規模不一樣……」他看著窗外北京的高樓，夜空下閃閃發光。

她注意到他的眼神，問他：「你是要做到多大啊？上市？賺大錢？」

「不是為了賺錢。」他語氣平和，沒有辯解。

「那為什麼一定要做大呢？」

他沈默了幾秒鐘，「你在公司，想不想做更大，更有影響力的事？」

「沒有。我做風險控管，不出紕漏就好。」

阿川笑笑，「那你還年輕。」

「怎麼說？」

「等你到了我這個年紀，你會想做夠大、夠有影響力、能創造意義的事。」

「為什麼？」

他搖著酒，「你希望你做的事能留下來，不會消逝。」

「像塑膠袋嗎？」明麗說，「為什麼要留下來？沒什麼是真正能留下來的吧。慈禧太后也只不過留下了頤和園。」

「長期來說，當然沒什麼是能留下來的。我的危機在於，忙到快五十歲，我發現之前做的很多事，連『短期』都留不下來。他們就像微信的訊息，很容易就被蓋掉、刪掉。」

「我的工作就是這樣啊！我們是防弊的工作，能創造出什麼意義？不出事就是最大的意義！」

「謝謝你！」阿川對明麗舉杯。

「謝什麼？」

「安慰我。」

「我沒有安慰你。」

「那謝謝你願意聽。我沒辦法跟別人講這些。」

「你女友呢？」

「她願意聽，但不會給我回應。」阿川笑，「她可以給我『御守』，但沒辦法伸出『援手』。」

「嘿，其實我也聽不懂！」

「她覺得我留在北京，代表我不夠愛她。」

「那你為什麼要交一個那麼年輕的女友？」

「這跟年輕沒有關係。就算她50歲，還是會這樣想。」阿川說，「而且，我不是刻意選擇交年輕的女友。我們就是有緣遇到了。」

「你有緣遇到很多人，你刻意選擇跟年輕的女生保持聯絡。」

「我也刻意選擇跟你保持聯絡啊！」

明麗笑，他們碰杯。

碰杯時，她可以感覺阿川在北京的生活就像這紅酒杯：過大、易碎、裝不滿，有空盪的回音。

十年後，她會不會也是這樣？

或者，她已經是這樣。

4

她看得出阿川累了，就藉口說自己想睡，結束了晚餐。

「幫你收一下？」明麗問。

「就兩個碗，一個酒杯，沒什麼好收的。」

她在客房的浴室洗澡，蓮蓬頭旁放著各式洗髮護髮用品。她拿起來，快空了。

她洗完頭，找不到吹風機，走出房間想問阿川……

他坐在沙發上睡著了。

窗外高樓的燈光，映在他歪一邊的臉頰。

我該讓他這樣睡一晚嗎？還是扶他躺下來？

她走到他身邊，扶他躺到沙發上。

他躺在沙發，依然沒有動靜。

她拿起外套，幫他蓋上。

這麼多朋友來住他的客房，把他的洗髮精都用完了。但此時的他，仍是如此孤獨。

他有一個那麼年輕甜美的女友，也那麼愛她。但此時的他，仍是如此孤獨。

她坐在他身旁，拿起桌上他那杯沒喝完的紅酒，慢慢喝下去。

坐在這小公寓，突然她感到北京……好大。

她從包包裡，找出阿川女友送她的御守。

「可睡齋」。

放在阿川的頭旁邊。

「其實她可以伸出援手。」她對阿川說。

她回到客房，鑽進被窩，北京的秋天好冷！

她關掉燈，阿川在客廳打呼的聲音，變得無比清晰。

他的呼吸節奏均勻、沈穩，明早他會五點就醒嗎？

她手腳攤開，枷鎖都卸下來。

這比瑜伽課的收尾好多了。這才是真正的，「攤屍大休息」。

5

第二天她醒來時，聞到蛋糕的味道。

「早餐吃抹茶蛋糕好嗎？」阿川問。

「無糖的我才吃！」她開玩笑。

他的糖用得剛好，像昨晚的對話。

他依約坐地鐵送她到機場。check in後時間還早，他們走到二樓，在速食店喝咖啡，俯瞰整個大廳的人潮。

「這個，讓你在飛機上享用……」阿川拿出一個紙袋。

「好吃的？」

「骨灰級的好書！」

「你送我骨灰？」

「我送你好書！」

明麗從紙袋中拿出來，一本名為《頤和園》的書。

「央視頤和園紀錄片的總策畫寫的！」

明麗翻了一下：「看來我們只去了頤和園的一小部分。」

「什麼時候還有機會來北京？」

「不知道了。你呢？最近要回台北嗎？」

「沒有計畫。」

對話走入死巷，她轉頭看大廳的人潮。早點過海關吧，看起來今天搭機的人很多。

「要不要跟我去京都賞楓？我約了幾位朋友，你一起來吧。」

「京都？」

「十一月底十二月初。」

「你不是創業很忙嗎？怎麼一天到晚在玩？」

「去個兩天，還可以啦！」

「北京的楓紅也很美吧，幹嘛大老遠跑到京都？」

「我看你今年是不會再來北京了，只好用京都來誘惑你。」

明麗不置可否。他們走到安檢的門口，得說再見了。

「我回去查查看今年楓紅的日程，再告訴你。」

「楓紅還有日程？」

「日本人什麼都能預測。」阿川說。

那日本人能不能預測，十一月底十二月初時，你我都單身嗎？

十月

1

她把秋天從北京帶回台北。早上起來太陽沒了，天空由藍轉白，彷彿她的床單。

她的工作需要參加很多研討會。一場研討會上，她認識一位男性同行。休息時間，他們聊起來。

「你住哪？」他問。

「我家剛好在附近，所以課程在這裡我最高興。你呢？」

「我住陽明山。」

「哇，高級！」

「陽明山也有便宜的房子。我是住在那種房子裡。」

「靠近哪裡？」

「國際飯店那邊。」

「難怪你身上有一股……」

「硫磺味！」他立刻接話，「很多人這麼說！」

其實我要說的是自然的氣息。

「我家很舊，唯一的好處是，附近有公共溫泉，我每天都去！」

「難怪你皮膚這麼好！」

「你也不錯啊！你也喜歡泡溫泉？」

「很少。不過現在天氣轉涼了，可以去泡了。」

就算在四季如春的台北，她也感覺到要換季了。

下班後，她沒有立刻去搭捷運。一路走向仁愛路，經過國父紀念館，轉頭看信義區的大樓。秋夜的空氣很乾淨，大樓的燈光，像懸在半空的星星。

一切回到年初的原狀，包括天氣。

「想不想去礁溪跑馬拉松？」南西傳訊息來。

她總有一種天分，會莫名其妙地消失，然後在明麗低潮時出現。

那天在火車站掛了她電話，三個月沒聯絡了。當時的氣，像暑氣一樣消失了。

感情的事，有什麼一定是「應該」或「不應該」？我沒做過「不應該」的事嗎？我有什麼資格，去評斷她的選擇。

「今天早上剛好想去泡溫泉。」她回。

南西的車壞了，她們星期五晚上約在復興南路的葛瑪蘭巴士站。明麗從捷運站走出來，南西已經站在人行道上等待。明麗遠遠走向南西，她素顏、戴著眼鏡、蒼老了。三個月不見，看起來像三年。

她故障的，不只是車。

「我買了麵包，」南西說，「你還沒吃飯吧？」

「你怎麼知道？好貼心喔！」

「還好啦，旁邊就有一家麵包店。」

「喔，害我感動了一下。」

她們沒有談上次放鴿子的事。兩個人站在人行道，明麗咬著麵包。

車來了，她們上車。上路後司機簡短寒暄，車內的燈就全暗了。

「花蓮的事不好意思。」南西說。

「沒關係，你們後來還好嗎？」

「我們要結婚了。」

「真的？」

「當然沒有！」南西笑，「他這種人怎麼可能結婚！」

還有心情開玩笑，應該就不是問題了。

「那另外那女的？」明麗問。

「你是指哪一個？」

「還不只一個？」

「我知道的不只一個，不知道的不曉得有幾個。」

「唉……」

「另一個你猜我怎麼發現的？」

「怎麼發現？」

「皮夾。」

「他的皮夾？」

「他皮夾裡有他們的照片。」

「這年頭還有人拍照片？」

「拍立得那種，年輕女生喜歡。」南西說，「我看到了，就把那兩張照片從他皮夾中拿出來，收起來。」

「那他發現了怎麼辦？」

「我就是要讓他發現。」

「那他發現了嗎？」

「應該是。」

「你怎麼知道？」

「他問我有沒有看到他皮夾中的『名片』。」

「還名片嘞。」

「他沒有問你照片？」

「他哪敢？」

黑暗中明麗搖頭，「何苦呢？」

「怎麼說？」

「幹嘛這樣一直糾纏下去？」

南西沒有回應，明麗也沒有追問。

她們沒有講話，整車的人都沒有講話。唯一出聲的，是巴士的引擎。

巴士開上高速公路後，加速前進。黑暗中看不到高速公路，和她們的出口。

2

星期六早晨，明麗被旅館廁所傳來的聲音吵醒。她爬起床，看到南西在浴室。

「你不是要去跑步嗎？」明麗問。

「已經跑完了啦！」

「幾點了？」

「十點多了。」

南西光著身子，坐在木頭板凳上，冰敷著膝蓋和大腿內側。明麗坐在馬桶上，面朝著她。這個相對位置，是友誼的證明。

溫泉水流進旁邊的浴池，熱氣緩緩上升。熱氣和窗外的小雨，讓浴池旁的窗一片朦朧。

明麗欣賞南西的身材，讚嘆說：「你是怎麼練的？」

「情傷加馬拉松。」說完，南西拿著裝著冰塊的塑膠袋去冰明麗的小腿。

「喂！」明麗大叫。

「這樣就受不了啦？」南西去冰明麗另一條腿，明麗用手撥開。冰塊和笑聲，灑了一地。

南西站起身，慢慢走進浴池。她躺下，只有頭浮在水面。

「一冷一熱的感覺怎麼樣？」明麗問。

「跟男人給我的感覺一樣。」

「這樣不是自找麻煩？」

「不會，好舒服……趕快進來。」

明麗從馬桶上站起來，擦拭乾淨，脫掉內衣，走進浴池。

「好髒喔！也不先沖一下。」南西抗議。

「你嫌我？我還嫌你呢！是誰剛才滿身大汗啊？」

明麗踏進浴池。

「燙死了！」明麗立刻轉開冷水。

「你開冷水，水就不純了，你要讓熱水慢慢變涼啦！」

「這麼燙你怎麼受得了？」

明麗在冷水出水口坐下，兩人面對面，四腿交錯，坐在小小的浴池中。

「你看！」南西指著明麗腹部，「你的『游泳圈』已經出來了。」

明麗潑水，擋住南西的視線。

「還不趕快運動！」

「運動也沒用啦！」

「男人看到這個，可能會臨陣脫逃。」

「男人不用看到這個，就臨陣脫逃了。」

「上次去花蓮的那個牙醫怎麼樣？」

「回來後就失聯了。」明麗說，「他好像在看蛀牙，很久不聯絡，突然想到就敲敲看，看你痛不痛。」

「這種男人很多！他們不知道自己要什麼，把你搞得團團轉。若是我，我就直接問他：你到底是什麼毛病，要不要講清楚？不然滾遠點，不要浪費老娘時間。」

南西說起明麗的問題，多了三分自信。

「那要不要我幫你問你男友：你到底是什麼毛病？」

「我自己問過。」南西說。

「他怎麼說？」

「他說：『我有病。』」

「他自己都承認有病，你還跟他在一起？」

南西沒有回應。熱氣緩緩上升。

「是啊……我也有病……」南西說。

在水中，明麗伸出腳，用她的大拇指，夾住南西的大姆指，「沒關係，聽說溫泉治百病。」

「我跟他什麼都做過，但我們沒有這樣泡過溫泉……」

南西閉上眼，從她眼眶中流下來的，不知是泉水，還是淚水。

3

下班後有南西，上班時有Jenny。明麗單身，卻不孤單。

禮拜一快下班時，Jenny傳訊息給她：

「禮拜六我生日，來我的趴，認識小鮮肉。」

明麗轉頭看她，她眨眨眼。

「謝了！上次在speed dating領教過了。」

「來啦！待個十分鐘，認識一下我朋友，吃塊蛋糕。」

星期六晚上九點，Jenny包下一間夜店。

明麗一走進，就看到她在吧台後調酒。她穿著寬大的針織毛衣，斜戴著帽子，手腕上一串飾品，跟著RAP的節奏搖擺。這不只是一個生日Party，這是青春的示威遊行。

「你終於來了……」Jenny從吧台後跑出來，熱情地擁抱明麗。

「你好時髦！」明麗讚嘆。

「你現在知道我在公司多壓抑了吧！」

音樂很大聲，淹沒了她們的談話。明麗大叫：「什麼歌？」

「〈Empire State of Mind〉。」

「好像在念經。」

「別土了！Jay Z和Alicia Keys耶！」

在這個場合，明麗真的很土。她拿著雞尾酒環顧四周，客人都是Jenny的年紀，而且都意識到自己的年輕。有型的五官、潮流的裝扮、個子都很高、身材都很好。男生的鬍子剪得比頭髮還細膩，女生的頭髮染成雞尾酒的顏色。

他們圍成一圈圈交談，像一座座海灘的碉堡。明麗不斷環繞，無法登陸。

他們隨著Jay Z的饒舌輕輕搖晃，沒有商量，卻自然形成一道一道好看的波浪。明麗再怎麼搖，也搖不出那種線條。

「現在年輕人都好有型！」一名男子走到明麗身旁。

明麗轉過頭，鬆了一口氣。終於有一個年紀比較大的客人。頭髮白了一大半，像理查·吉爾。

但她立刻緊繃起來，她想起這白髮男是誰了。

「是啊，」她故作輕鬆，「一代比一代強，人類進化的證明！」
她沒想到Jenny會請他。
「你怎麼認識Jenny？」男子問。
「我是她公司同事。你呢？」
「我是她朋友。」男子輕描淡寫。
如果明麗在這場合像壁花，那這男子就像牆壁中長出的釘子一樣突兀。
「喔……」明麗問，「你們怎麼認識的？」
「在朋友的生日上認識的。」
明麗表面客氣，心裏瞧不起，於是逗他，「Jenny好可愛。」
「對啊！」男子說。
「公司很多人追她，她都不理。」
「為什麼？」
「她說她只喜歡比她小的。她說姊弟戀比較符合生物原則。」
「她說說而已吧。」白髮男指著角落，「你看，她男朋友不是跟她差不多？」
「她男友在哪？」明麗被反將一軍，果然看到Jenny男友被圍在一群宅男中。
「你怎麼知道那是她男友？」明麗問。
「剛剛Jenny介紹的。」
明麗看著吧台後的Jenny，Jenny對她回以微笑。
啊……Jenny，你膽子好大！

「不過你講的也沒錯，搞不好Jenny真的喜歡姊弟戀，她男友感覺像個小孩。」
「我去跟他打個招呼。」明麗趁機脫身。
Jenny的男友Jimmy正在跟其他幾個男生聊天，明麗插進去。
「嗨，我是Jenny的同事，明麗。」
「喔，明麗姊，好久不見。」
「最近好嗎？」明麗問。
「不錯啊！」
「工作還好？」
「還好。」
「你們是同事？」
「對啊，我們都是同事。」
果然是工程師！說話像電腦程式，毫無贅字。
「你們也是工程師？」明麗問旁邊的男生。
「是啊！不過我們在不同部門。」
「你口音好特別……」
「我是馬來西亞僑生。」
「喔，馬來西亞很好玩。我一直想去蘭卡威，你去過嗎？」
「沒有。」
「明麗姊也沒去過嗎？」Jimmy問。

「沒機會去，一直想去。」

「Jenny不是說你們公司出差去過？」

糟了……

「喔……那次！沒錯，沒錯……那次我沒參加！」

明麗看著Jimmy，試著透過他的眼鏡看出他是否相信。是他眼鏡太厚，還是他隱藏地太好？她看不出來。

也許他不只是一個宅男工程師。

她轉頭看Jenny，明亮的她依然招呼著不斷湧進的新客人。如果只看動作，每一個剛走進來的男生，都像她男友。

明麗想圓場，轉頭跟Jimmy說：「你們如果要去蘭卡威，要揪我喔！我上次錯過，下一次不能再錯過了！」

她是如此刻意地、用力地，想要把掉進滾水裡破掉的餃子，重新包起。

她離開Jimmy，轉頭走向Jenny：「生日快樂！我要走了。」

「這麼早？還沒切蛋糕咧！急什麼？」

「明天還要早起！」

「少來，明天是星期天。」

「好啦，是年紀大了，明天自然會早起，所以今晚要早一點睡。」

「那你晚一點睡，明天不是自然晚起了嗎？」

「那禮拜一就會睡過頭了啊！」

「怕什麼！我給你morning call！」

不顧Jenny挽留，明麗笑笑走了。

走到咖啡廳外，向捷運站走去。

「哈囉？」

一個男人叫她，她轉過身……

是那個白髮大叔。

「你要走了？」

「是啊！」

「要不要我送你一程？我車在那，你住哪裡？」

他一副明麗已經答應了似的，逕自往停車場走去。

「不用了，我家很近！」

「就是近才送，遠就不送了。」

好，我看你有什麼招！

她坐上他的車。

「你喜歡聽什麼音樂？爵士？古典？」

明麗故意為難，「我喜歡黃梅調。」

「我沒有黃梅調，不然我唱給你聽。」

明麗笑。

「〈戲鳳〉好不好？」

「不用了！」明麗說，「你常送女生回家？」

「我從小就喜歡送女生回家。小時候，我陪女生搭公車，還請車掌剪我的票。我都先搭到女生家，陪她走到門口，然後再回頭坐車回家。回一次家，要剪三格票。你記得我們小時候的票是一張硬紙，一格一格的？」

「那是你們那個年代吧。」

「談起年代，哇，剛才那些Jenny的朋友都好年輕！」

「是啊！你好像很喜歡跟年輕人在一起？」

「誰說的？要不是夜店老闆是我朋友，我才不會來呢！」

「你是來看老闆的？」

「我是來付錢的。」

「哇，Jenny辦生日還有贊助商？」

「沒那麼嚴重，大家同樂，大家同樂。」

「你跟Jenny怎麼認識的？」

「你剛才不是問過了嗎？我說是在朋友的生日上認識的。」

「你好像很會在生日宴會上認識朋友？先是Jenny，然後是我。」

「喔？我們是朋友了嗎？」

車子在紅燈停下，大叔轉過頭來凝視明麗。

「Jenny說，你們一起出國去玩？」

大叔停頓了一下，打量明麗知道多少，他該說多少。

「是啊！」

「你不覺得Jenny對你來說太年輕了？」

「是啊！」大叔說，「我比較喜歡像你這樣的女生。你結婚了嗎？」

他語調誠懇，好像他只是問她今晚的天氣。

「『我這樣的女生』？是怎樣的女生？」

「可以講話的。」

「你怎麼知道我可以跟你講話？我們又沒講幾句話。」

「感覺吧。」

「你老婆不能跟你講話？」

「我老婆可以跟我講話。剛才我出門前，她要我記得帶鑰匙，她不會等門。」

明麗驚訝！Jenny不是說他離婚了！

「你跟你老婆還住一起？」

「老公跟老婆住一起很奇怪嗎？」

「你不是離婚了嗎？」

「不要咒我好不好！」

明麗臉色慢慢僵硬。

「你看起來有點生氣。」

「當然。有婦之夫，帶可以當你女兒的Jenny出國，這樣對嗎？」

「哇，你看起來很時髦，觀念還挺保守的。」

「你老婆知道你跟Jenny出國嗎？」

「我當然不會告訴她！但就算她知道也沒關係，我和Jenny又沒怎樣。」

「誰相信呢？」

「你不信，要不要試試？待會我到你家喝杯咖啡，我們聊聊，但什麼事都不會發生。」

哇……你厲害！

「你看，你不敢，其實是你心理有鬼。」

「我不介意，可是我怕我爸會不高興。」

「你跟爸媽住？」

「女兒跟爸媽住一起很奇怪嗎？」

「不奇怪。但你看起來像會搬出來的女生。」

「那你看錯了！我爸管很嚴，不許我帶朋友回家。」

「我們可以去別的地方。」

「別的地方？幹嘛，害怕看到我爸？你不擅長跟平輩打交道？」

「不會啊。我好奇你會怎麼介紹我。」

「就說你是我老師吧。」

「老師？聽起來不錯。我沒當過老師耶？要不要試試？」

明麗停頓一下。

「不要裝了，其實你一個人住。」他說。

「你不把我爸當人，他會生氣喔。」

「你看起來就不像是乖乖住在家裡的女生。」

「我做風險控管，我最乖了。」

「就是因為你做風險控管，所以我覺得你不乖。」

「怎麼說？」

「白天壓抑，晚上就要反彈嘛！」

「那你白天一定很壓抑囉？」

明麗沒讓他開到家門口，她在巷口就叫他停車。

「你不想讓我知道你住哪？」

「我們家巷子小，你這大車進不來。」

「我可以再約你嗎？」

「你為什麼要約我？」

「我剛才不是說了？我喜歡像你這樣的女生，可以講話。」

「可是我對講話沒興趣耶！」

「那我們也可以不講話，做別的事……」

「比如說一起去健檢嗎？」

「好啊，我好幾年沒去健檢了！」

「那你要趕快去，你這年紀……」

「我們一起去？」

「可惜我今年才剛做過。」

「你有做正子掃描嗎？我聽說那一定要做，但一般健檢都沒有。」
「我這個年紀還不需要吧。而且那麼貴。」
「沒關係，我出錢。」
「你真的很喜歡當贊助商耶！」
「小事。能用錢買到的都是小事。」
「可惜我是大事！」
明麗笑笑，打開車門，用力甩上。
「代我跟你爸問好！」他打開車窗，還想將她一軍。
「如果我爸想做正子掃描，我再請你贊助。」
「好啊！這有我的電話。」
她收下他的名片，站在原地不動。他很識相，把車開走。
她深呼吸……這段對話讓她窒息。
開門、開燈、進家、脫鞋，簡單的四個動作，卻她覺得很累。
剛才派對上那首念經歌叫什麼？〈Empire State of Mind〉？
她倒在沙發上，放出這首歌……
她完全聽不懂Jay Z的饒舌，但喜歡Alicia Keys唱的副歌……
「星期六晚上在忙什麼？」
徐組長傳訊息來。
像看到一個救生圈，她跳進去。

「你聽過這首歌嗎？」她把YouTube連結傳去。
「Jay Z嘛。這首得了葛萊美獎。」
「哇！你聽饒舌歌？」
「我哪聽！但我們學校有熱舞社。」
他傳來另一個連結，「聽聽這首。Jay Z和Kayne West合作的。」
「〈巴黎的……〉？」
「〈巴黎的黑人〉。」
「唱什麼？」
「我只聽得懂最後一句：『我在我的地盤』。」
「什麼意思？」
「同學講了半天我也沒聽懂。」
「為什麼沒聽懂？」
「因為他們邊講邊比黑人的手勢，yo啊yo的，我看得眼花撩亂。最好只好跟他們說：『我知道你在你的地盤，但你現在應該回到你的教室！』」
他又讓她笑了。

4

不知為什麼，第二天很早就醒來，照理說，星期天她是很能睡的。
她打開電爐，燒熱水準備煮蛋。打開冰箱，拿出奇異果和蛋。

她刷牙洗臉，回到廚房。水開了，然後她把奇異果，丟進沸水中。她過了幾秒鐘才反應過來了，本能地伸手去抓奇異果，但被沸騰的水逼退。蛋坐在流理台上，幸災樂禍地看著。

整個早上，她都坐在電腦前。十點多，餓了，呼叫LINE上的美食群組：

「有沒有人要吃早午餐？」

兩個小時過了，群組中十幾個人，沒人回覆。

她走到巷口的自助餐店，隨便挑了幾個菜。回家吃時，手機響了。

「在台中，下午回來！晚餐好不好？」

是阿成。

四月從新竹回來後，他們一直沒聯絡。阿成像感冒，每隔一陣子，當她身心俱疲時，就悄悄來襲。

阿成的回覆似乎叫醒了群組中的其他人。幾分鐘內，其他人紛紛回：

「帶女兒上才藝。」

「老公出差，小孩發燒。」

「在東京。」

十幾個人的群組，只有一個已婚的男人有空。

她沒有立刻回覆。星期天的晚上，跟阿成去晚餐，吃完後會怎麼樣呢？

下午，她在電腦前打瞌睡，便到臥房去躺。醒來一看，五點半！

一天就這樣過了！去健身房吧！

她坐上捷運，進車廂後，走到另一邊的門前，站在滅火器旁邊。她看著玻璃門上「小心夾手」的貼紙。

「請家長留意小孩的手勿放在門上，避免夾傷。」

她鬆了一口氣，至少我沒有這種煩惱。

但高興不到幾秒鐘，她就被「夾」到了。被「夾」到的不是手，而是視線。

隔了幾排，一對情侶面對她的方向，在打瞌睡。女生的頭陷進旁邊男生的脖子和肩膀，男生的頭仰天搖晃。

她下了車。月台對面有一對等車的情侶，坐在椅子上，看著同一個手機螢幕。她走近偷瞄一眼，是一場籃球賽。

她走出捷運，經過站外的日本服飾店。女生拿起衣服往自己的身上比，旁邊的男生看著她。

一對情侶從她身旁走過。兩隻牽著的手前後搖動，不時放開，拍彼此的手掌。

明麗把手，插進口袋。

健身房有很多訓練扭轉的機器，但她的落寞，是被一名中年女子扭轉的。

中年女子頭髮灰白，但體態完美。穿著貼身的運動衣褲，穩定地在跑步機上跑。若不是白髮，她的背影看起來只有20歲。

她沒戴耳機、沒看電視、沒看鏡子、沒看別人，也沒有小動作邀請別人看她。

她專心地跑，彷彿跟跑步機的履帶，聊得很投機。

明麗站上那名女子背後的跑步機，跟著她跑……

頭髮擺動、心跳加快、汗水滴下，慢慢地，她忘記自己在跑步……

慢慢地，她忘記自己「一個人」在跑步……

她沒想到，陌生人給你的安慰，有時比愛人更多。

她從健身房出來時，已經七點半了。阿成在群組中又發了好幾個訊息：

「明麗，要吃飯嗎？」

「我在寧夏夜市，來吃豬肝湯吧！」

其他人紛紛附和：

「豬肝湯好吃！」

「蚵仔煎也不錯喔！」

「一定要去現撈海產那一攤！」

「吃完再去吃『滋養』的甜點。」

「明麗有口福了！」

他們不知道阿成和她的關係。

她似乎希望他們知道。

「寧夏夜市好喔！好久沒去了！」明麗在群組中回覆，「你老婆也來了嗎？我可不要當電燈泡！」

「我老婆去新竹了。」

明麗苦笑，這比天色還黑的幽默。

「好，半小時，民生西路的入口見！」

她等紅燈，遠遠看到阿成站在蓬萊國小的門口。他也在同一時間看到了她，遠遠地跟她揮手。

她的手機響起，是對街的阿成，她接起。
「你很無聊耶！」明麗罵。
「你再不來，我光豬肝湯就吃飽了！」
「怎麼不等我？」
「沒關係，我可以吃第三碗！」
入夜後的寧夏夜市很熱鬧，她和阿成站在豬肝湯的攤位前等待。
「最近有碰到好男人嗎？」
「有的話星期天晚上還會跟你一起吃夜市？」
「上次那個小周有跟你聯絡嗎？」
「哪個小周？」
「洗牙的那個啊！」
「喔，那個不吃麩質的？」明麗想起，似乎是多年前的往事，「當然沒有。」
「別難過。後來他也沒跟我聯絡。」
「那你呢？最近有碰到好老婆嗎？」
「我老婆最近真的變好了。不跟我吵架了。」
「那是好事啊？你做了什麼事？」
「我都等她睡著了才回家。」
「那她第二天早上不會跟你吵架嗎？」
「我賴床啊！」

「這是什麼婚姻？」

「不只是我好不好。這邊很多人，包括這些正在吃豬肝湯的，搞不好都是這樣。所以離婚率才這麼高啊！」

「那你們為什麼不離？」

「為了孩子啊！」

「這種家庭，能給孩子幸福嗎？」

「總比單親好吧！」阿成說，「現在有爺爺、奶奶、外公、外婆幫忙帶。離了之後，只剩下我一個人了啊！」

「是三個！你、你爸、你媽！這還是假設孩子歸你。」

「總之會變得更累！」

「所以婚姻只是你的托兒所？」

「差不多。呵呵，這樣你還敢結婚嗎？」

「我當然敢，只是不敢『跟你』結婚！」

「沒關係，我們不必結婚，我覺得我們現在這樣也很好……」

我們現在是怎樣？

明麗想問，但沒說。我們又不是夫妻，幹嘛吵架呢？

攤位上一個客人走了，他們往前走，坐下。

豬肝湯的攤位，顧店的是一對中年男女，明麗猜她們是老闆和老闆娘。兩人你來我往、動作乾淨俐落，但面無表情、毫不交談。

這也是一種婚姻。

吃完豬肝湯，他們走到對面的蚵仔煎大王。

「要等嗎？」阿成問。

「算了！」

他們走向現撈海產那一攤，遠遠就看見隊伍很長。

「那我們去吃現撈海產吧！」阿成說。

「隊伍很長，看起來好像要等很久……」

「我是說，不管那一攤了，我們直接去龜山島吃現撈海產。」

明麗轉頭看著他，悠悠地問：「你今天該不會又是騎重機吧？」

「你怎麼知道？」

「打死我也不要。」

「為什麼？」

「現在騎到龜山，只能看日出了！」

「哪會啊！」

「重機和排隊……」明麗假裝陷入掙扎，「我選排隊。」

「你很不浪漫耶！」

「我們之間，不用這麼浪漫。」

阿成乖乖走進隊伍。

「如果最近跟老婆關係緊張，就乖一點。吃完早點回家，不要搞太晚。」明麗說，「沒重要的事，也不要打電話給我，她看到了會不高興。」

「我沒有打電話給你啊！」

「什麼意思？」

「我都打給明雄！」

「誰是明雄？」

「你就是明雄啊！」

「我是明雄？」

阿成拿出手機，在聯絡資訊中找到「明雄」，然後撥號……

明麗的手機在包包中響起。

「你在我手機叫明雄。」阿成宣布，「我連你的職業都想好了。如果老婆問我為什麼打了這麼多電話給明雄，我就說你是我的保險經紀人。」

「保險經紀人？」

「我喜歡騎重機，你幫我加保。」

她突然感到一陣噁心，像是食物中毒。而阿成炫耀的語氣，更令她反胃。

她完全失去胃口，掉過頭，往前走。

「你幹嘛？」阿成問。

「明麗，你去哪？」阿成追到她面前。

「你認錯人了！你應該叫我明雄！」

她繼續往前走，很粗魯地撞開夜市的人潮。

「不要這樣嘛！」阿成拉住她。

她用力甩開。

「陳明麗！」阿成大叫。

「你跟著我幹嘛？」明麗的聲音像洋芋片一樣碎開，「你要買保險嗎？」

「那天在新竹，你為什麼把我推開？」阿成質問。

再一次，阿成在大庭廣眾前，逼她攤牌。

她想起那年跟阿成去東京，鬧僵之前馬路上的警告標語：「合流注意」。

她沒有回答，阿成逼問，「既然最後要把我推開，為什麼要跟我去？你玩我啊？」

明麗內心，像夜市一樣喧譁。但有一個答案，卻非常清晰。

「我跟你去，是因為我愛你。我把你推開，是因為我不想一輩子被叫『明雄』。」

說完，她繼續走，就這樣一直走下去，穿過夜市的人潮，穿過明雄，穿過自己……

十一月

1

十一月的台北，還像夏天。艷陽還在做莊，明麗卑微地戴上墨鏡。

星期一下班後，世傑打電話來。七月從花蓮回來，他就沒消息了。顯然明麗問他的問題，他沒有答案。

她接起。

「一群朋友星期天早上想去烏來山上走走，想不想去？」

你還是要找我去曬太陽！

「我知道你不喜歡曬太陽，所以到了十一月才敢找你。」

好聰明的理由！

「好啊！好久沒去烏來了。」

「我來接你。」

你的車不是被開走了？

「不用麻煩，告訴我集合時間地點就好。」

「不麻煩，我還要接其他朋友。」

當天一早，她在巷口等待。

「要不要幫你們買飯糰？」明麗發訊息。

「我們都吃過了。」

車來了，她開後車門，兩人已坐在後座。

「嗨，明麗！」世傑轉過身跟她打招呼，「這是我的好朋友，國青、美華。」

「嗨，明麗！」國青、美華對她揮手。

「你坐前座吧！」

明麗瞄到美華的裝備：護膝、登山杖、登山鞋。

「糟了，我什麼都沒帶。」

「不需要帶，只是走路而已。」美華說，「是我太弱，需要額外保護。」

車上了快速道路，往新店開去。

「你們爬山爬很久了嗎？」明麗問。

「五年多了吧……」國青說。

「這麼久！」明麗說，「你們怎麼認識的？」

「國青是我大學同學。」世傑說。

「你也是牙醫！」

「是啊。我們大學就一起參加登山社。」

「天啊，這是專業團隊！我不敢去了。」

「沒關係，我陪你。」美華說。

「你和國青是怎麼認識的？」

「朋友介紹。」

「真的啊！」

「怎麼這麼驚訝？」

「很少聽說朋友介紹的最後會成的。」

「我很多朋友都是靠介紹而結婚的。」

「幸福嗎？」

「我們是很幸福啊！」國青宣示，「等一下，你覺得幸福嗎？」

「還有努力的空間！」美華假裝不滿。

「一定很多人幫你介紹吧？」美華問。

「從來沒成。」

「哎呀，明麗太挑了啦！」世傑說。

「說單身的人太挑，其實太簡化了。」美華說，「我每個單身的朋友，都有單身的原因。外人無法了解，跟他們也講不清。」

我想認識美華。

他們到了烏來，往內洞。在路邊停下，走上「信賢步道吊橋」。

明麗站在略微搖晃的木橋上，看著遠方山上濃密的樹，和河床上稀疏的岩石。

「水好清澈喔！」美華指著橋下。

「是啊！」明麗回應。

「找一天到下面露營！」國青說。

「夜裡一定很美！」世傑回應。

他們開始走「信賢步道」。右邊是木柵欄，左邊是樹和雜草。走了幾步，一陣涼意傳來，是個小瀑布。國青興奮地脫了鞋，走進清澈的水中。世傑幫他拍照，國青朝世傑身上灑水。

「真幼稚！」明麗和美華自顧自地往前走。

「世傑說你在銀行工作？」美華說。

「是啊。」明麗說。

「我以前也在這一行，搞不好有一些共同的朋友！」

「真的？你現在在哪家公司？」

「現在在家裡上班。」

「哪家公司那麼好，讓你在家上班？」

「沒有公司了。現在專心照顧小孩。」

「幾個了？」

「兩個。雙胞胎。」

「運氣怎麼這麼好！」

「我們做試管，很容易就有兩、三個。」

「還是好事啊！」

「你想有小孩嗎？」

「以前不想，現在想了。」

「我們當初也是這樣。」美華笑，「想要孩子要趁早，年紀大了，生或養都很累。我當初去看婦產科，醫生給我一張台北市衛生局的傳單，宣導孕婦唐氏症篩檢，上面大大的字寫著：『把握黃金生育期：25—34歲』！」

「完了，那我已經不黃金了！」

「沒關係，銀的、銅的都行，但有心理準備，會比較折騰。」

美華的電話響起。

「你看，說著說著電話就來了！不好意思，接一下我媽的電話。」

美華接起電話，明麗往前走。

講到生小孩，明麗剛好走過「大肚瀑布」。瀑布流過一大塊平坦的岩石，像孕婦的大肚子。陽光打在翠綠的樹葉間，這位石頭孕婦，坐在樹蔭下乘涼，卻依然滿身大汗。

美華跟上來，「小朋友在鬧，我媽招架不住。」

「他們帶孫子，一定很開心！」

「哪有！老人家現在都想過自己的生活。你把孩子丟給他們，他們還嫌煩哩！」

「那只有靠自己囉？」

「只有靠自己！」美華說，「所以還是早一點生好。」

「你是幾歲生的。」

「37。」

如果我今天懷孕，不也就是37歲生？

「35歲之前，我們也不想生。說好要過兩個人的日子，到全世界露營。可是一到了35歲，突然很想懷孕，可能是荷爾蒙吧。女人到了某個年紀，似乎就想當媽。」

「我有同感！」明麗附和，「37歲懷孕會不會很辛苦？」

「跟露營差不多！」美華笑。

「晚上都睡不好？」

「其實別說懷孕了，受孕就夠麻煩了。光是打排卵針就夠受了。水腫、噁心、肚子脹，通通都來！」

「沒關係，我已經水腫了！」明麗笑。

「不過不用擔心啦，現在人工受孕很普遍，我好幾個朋友都三十七、八才生。」

她們繼續往前走，右手邊出現一個小操場，茂密的草地上有一個雙槓。

「這好像是一間學校。」明麗說。

多走幾步後，木門上出現「種籽親子實小」的招牌。

「這麼小的學校，真可愛！」明麗說。

「現在大家都不生，小學都變小了。」

走著走著，看到地上一隻黑色的毛毛蟲。

「好可愛喔！」明麗歡呼，拿起手機拍。

「你一定是個好媽媽！」

「為什麼？」

「如果一隻毛毛蟲都讓你這麼開心，別說小孩了。」

「未必喔！我開心，是因為我拍張照就走了，不必養牠。」

「哈哈！」美華點頭，「對啊，養孩子不容易，你看我們還要靠爸媽。」

拍完照，轉頭看世傑和國青，兩人還落在後面。

「現在有對象嗎？」美華問。

「沒有穩定的。」

「有不穩定的？」

「都不穩定。」

「你跟世傑交往過嗎？」

「不算是。」

「世傑的感情也不順，跟女友分分合合，糾纏了好多年。」

「是把他車開走的那個？」

「你也知道？最近又開回來了。」

「最近又開回來了？」

「最近又開回來了。」

「那他怎麼還找我爬山？」

「你在他心中，應該有個特別的位置。」

明麗笑。

我該覺得榮幸？還是惋惜？

「國青還有朋友單身，叫他幫你介紹？」

「不用了！」

「當初別人要介紹我和國青，我的反應跟你一樣。但我們認識後，半年就結婚了。」

「國青這麼積極？」

「是我積極！」美華說，「國青很被動。」

「現在男生都很被動。」

「這幾年當爸爸後，要逗孩子，他才變得比較會跟人相處，以前只會跟牙齒打交道。我約他時，寫了一長串Email。他回答就一個字，『好』，好像在批公文一樣。」

「其實這樣也滿可愛的。」

「就像那個！」美華指著右手邊的水力發電廠。

「水庫？」

「發電廠。」美華說，「現在很多男生都跟國青一樣，跟他們在一起，你自己要當發電廠。」

明麗笑了。

「我媽說的更傳神，當年國青第一次來我家吃飯，整晚只講了五句話。我媽說，他像個厚皮檸檬，很難擠出果汁。」

「要靠榨汁機。」

「沒錯。所以女人要當電廠，還要當榨汁機。」

「哇，好累！」

國青和世傑趕上了他們。

「走這麼快幹嘛？說悄悄話啊？」世傑說。

美華說：「說你們壞話啦！」

「我們有什麼壞話好說？」國青看著明麗。

「多著嘞！」

他們一起走，一旁的攤販剛好在賣檸檬汁。

「這邊有賣檸檬汁耶？」明麗和美華相視一笑。

「想喝檸檬汁嗎？」美華問國青。

國青搖頭。

「世傑呢？」美華問。

「對牙齒不好，我不喝。」世傑說。

明麗和美華，不約而同地笑出來。那一刻，她們突然成了多年的老友。

他們買了票，走向內洞的大瀑布。

走上橋，制式地合照。明麗看著眼前的瀑布，然後注意到左邊一名女子，獨自坐在涼亭中看書。

「她好自在喔！」世傑湊到她旁邊，同樣看著那名女子，「跟你一樣。」

「我？」明麗問。

「你看起來很自在，好像不需要別人！」

「你牙齒好，但眼睛真的有問題。」

橋上風大，她撥開飄到臉上的頭髮。

「我們自拍？」世傑問。

「好啊！」

在內洞橋上，瀑布之前，風吹著他們兩人的頭髮和衣服，他們按下第一張自拍。

「你看，很好啊！」

明麗看，「我又胖了！」

「不會啊，你很自在！」世傑說，「是心寬體胖嗎？」他玩笑的口吻回來了。

明麗抬起頭，看到一名男子走到涼亭裡那名「自在」女子的身旁坐下。原來，他們是一起來的。

「他們好配。」明麗說，「這畫面很美，可以取名叫『瀑布下的情侶』。」

「你怎麼知道不是『瀑布下的情婦』？」

「第三者的表情不是那樣！」

「你怎麼知道？」

「連續劇有演啊！」

明麗當然知道第三者的表情，但不是因為看連續劇。

2

烏來天氣多變，下山時下起雨，大家都淋溼了。

世傑先送國青和美華回家。

「下次再一起爬山喔！」美華下車前，從後座伸手過來拍她的肩膀。是再見，也是鼓勵。

然後就剩下她和世傑了。突然間，車內的溫度降低。

「衣服溼了？」世傑問。

「嗯。」明麗點頭。

「沒關係，一會就到家了。」

往明麗家開去，兩人沈默了一會，世傑突然說：「我一直在想你在台北車站問我的問題。」

明麗聽。

「面對你，我沒什麼自信。」

「怎麼會？當年你還跟我搭訕。」

「那不一樣，那只是跟陌生人說話而已……」

明麗點頭。

「我喜歡你，但也怕你。」

「怕什麼？」

「你聰明，充滿變數，而我需要安全感。」

「你誤會我了。」

「我選擇當牙醫，就是因為牙齒只有32顆，沒有變數。」

「人生怎麼可能沒有變數？」

「我可以選擇我要的人生。」

「那你幹嘛約我去花蓮？」

「想看你變了沒？」

明麗笑，「我變了！變本加厲了！」

「不！你變了，變本加『麗』了，美麗的麗。」

「那是錯覺，你那天喝多了。」

「你也變得柔軟了。」

「很少有人用柔軟形容我。」
「我很久沒有見到你，我的感覺最準。」
明麗回想，然後說：「獅子愛上了羔羊？」
「什麼？」
「記得《暮光之城》嗎？男主角說：獅子愛上了羔羊。」
「哇，那電影有十年了吧？我們認識那麼久了？」世傑點頭，「你是獅子，我是羔羊。」
「也許你才是獅子，我才是羔羊……」
「為什麼？」
「其實形容我們的歌，不是陳奕迅的〈十年〉，而是他的〈愛情轉移〉。」
「那首我喜歡。為什麼這是我們的歌？」
世傑問，世傑想……
然後他自己說：「『享受過提心吊膽，才拒絕做愛情代罪的羔羊』？」
明麗笑。
「其實我也是羔羊。」世傑說。
「怎麼說？」
「她開我的車，常超速，我到現在還在替她繳罰單！」
車開到明麗家巷口。
「謝謝你找我出來爬山！你如果不找我，我一定在家睡一個早上。」
「下次再約？我可以來接你。」

「你前女友回來了？」

「對。」

「她覺得自己是獅子還是羔羊？」

「我回去問問她。」

明麗笑。

她打開車門，世傑說：「我的衣服溼了，可不可以到你家，借你的烘衣機用一下？」

「什麼？」

「你家有烘衣機吧？我到你家借你的烘衣機用一下？」

明麗沒有回應。

她想起那個夢……

她有責任，不讓世傑，再捲入任何變數。

十二月

1

是因為烏來的雨嗎？她感冒了。

每次狂咳，喉嚨翻箱倒櫃，要把胸腔裡的東西都倒出來。

「看到這則新聞嗎？」

Jenny在媒體上看到公司裁員的新聞，在LINE上敲明麗。

「終於發生了。」明麗回。

「難怪這幾天氣氛怪怪的。我還以為只是天氣冷。」

「不要想太多。」

「有錢沒錢，裁些員工好過年！」

「哈！」

「如果被裁，你有什麼打算？」

「那我就去結婚囉！」明麗咳了兩聲。

「有對象？」

「還沒有。」

「如果被裁，你有什麼打算？」明麗反問。

「我還真的想去結婚哩！」

中午明麗一個人去買自助餐。感冒加裁員，食慾特別差。

「如果被裁，你有什麼打算？」

這是好問題，她從來沒想過。

她邊嚼高麗菜邊想，她在這公司五年，表現一直很好，老闆也很喜歡她，應該不會被裁吧。只不過這種事，誰知道呢？搞不好連老闆都會被裁。

她拿出手機，搜尋通訊錄，還好，那幾個獵人頭公司的人的電話還在。回去，該把履歷表更新一下了。

「公司在裁員，有點煩。」明麗傳訊息給徐組長。

「想被裁嗎？」

「怎麼會有人想被裁？」

「我每天都想被裁，但公家機關不裁員。」

「那你可以辭職啊。」

「不敢辭。」

「為什麼？」

「記得〈巴黎的黑人〉嗎？『我在我的地盤』。」

明麗給他一個笑臉符號。是的，這地盤太舒適了。

「人都需要外力，才會真正改變。」他寫，「祝你被裁！」

但她是人，還是會怕。回去的路很短，走起來特別漫長。她幾乎不敢回公司，怕回去後老闆會在電梯外攔住她，說要私底下跟她談一談，請她進辦公室，關上門，告訴她壞消息。

她害怕被裁，原因不只是失去這份收入，而是如果被裁，她就必須真正改變。

她回到公司，電梯門打開，沒看見老闆。她刷卡走進玻璃門，老闆沒有找她。她刻意經過老闆辦公室，老闆不在。

她回到座位。簡訊響起：

「我約了一些朋友，十二月十二號那個週末去京都看楓葉，你有空嗎？」

是阿川。

「你怎麼這麼閒？」她咳嗽，打起精神回覆。

「不閒。就一個週末，快去快回。來吧！」

「最近公司在裁員，不敢離開。」

「裁員？那更要去，把沒休的假休一休。」

「你是老闆，說得輕鬆。」

「週末有什麼關係？難不成老闆會在假日裁掉你？」

京都、楓葉，實在不是她現在在乎的事。

晚上跟三個大學同學吃飯。二月她生日後，大半年沒見了。四個人的時間難喬，明麗只好抱病參加。

她們約在……

母校校園。

她們四個女生是大學室友。畢業後大家工作、出國、結婚，走向不同的路。如今兩個已婚、一個離婚、明麗單身。如果把當年大學的照片跟今天的相比，都看得出年紀。

她重視這個聚會，很早就到了校園。很久沒回學校，很多新大樓都認不出來了。

但校園的感覺永遠熟悉。她經過一對學腳踏車的男女，女生緊張地坐在車上，雙手緊握龍頭，低著頭，長髮蓋住了臉。男生扶她的肩膀，不耐煩地說：「你右腳不要彎啊，打直！右腳！右腳啦！你左右不分啊！」

她想告訴男生，教女生騎車要有耐心。但她沒有多事，從他們身旁走過。他們正在演出當年她演過的劇本，何必修改？不管情節好壞，他們都有權利，用自己的節奏演完。

吃完飯，四個人在校園散步。

「多了好多新大樓！」明麗戴著口罩。

「顯然多了很多有錢的校友。」

「應該是納稅人的錢吧！」

「你看那些練街舞的，穿著外套在地上滾，回去怎麼洗啊！」

「你口氣真的很媽媽耶！」

十二月的校園，晚上人不多。搭配黃色的燈光，彷彿時間還停留在當年他們讀大學的時代。

「你看！」同學指向遠方。

大樓門口的台階上，昏暗的燈光前，男生彈著吉他，女生邊唱邊打拍子。

「那個女生好像當年的明麗喔！」

「真的！」

「我一直覺得當年留短髮的明麗比較好看！」

「你在畢業晚會上唱的那首歌是什麼？」

「哎喲，誰記得啊？」明麗說。
「我記得！戴佩妮的〈怎樣〉！」
「天啊，你好可怕，還記得！」
「當時還是你男友幫你伴奏啊！那男的是不是電機系的？」
「我記得，是機械系的啦！頭髮長長的，很文青耶！現在還有聯絡嗎？」
「早就沒聯絡了。」明麗笑。
「Facebook找一下，搞不好還單身！」
「神經病！」
「你不找我找了，我一直想嫁科技新貴！」
「明麗再唱一次啦！」
「唱什麼？」
「〈怎樣〉啊！」
「饒了我吧，我感冒耶！而且歌詞都忘了！」
「少來！」
同學拿起手機，立刻上網查。
「你很無聊耶！」
然後吉他聲就從同學的手機的YouTube中放出來，戴佩妮唱：
「我這裡天快要黑了，那你呢
我這裡天氣涼涼的，那你呢

我這裡一切都變了，我變的懂事了

我又開始寫日記了，而那你呢……

「跟現在的情境好搭喔！」放YouTube的同學叫。

是啊，明麗想，跟現在的情境好搭喔。在那幾句歌聲中，她看到那個機械系的男生，晚上坐在系館樓梯上，跟她練歌。風吹來，她冷了。他把一隻手臂從外套袖子抽出來，把外套繞到她身上，把她的手放進袖子，一件外套兩個人穿。他留長髮，風把髮絲吹到她臉上。她喜歡用舌頭，舔他髮絲的味道。

當年他們是郎才女貌，羨煞姊妹淘。她為什麼跟他分手？連她都不記得了。只記得畢業後他唸研究所，她開始上班。兩人的話題越來越少，旁邊追求的人越來越多。商業界的話題多彩多姿，學校的他還在文青，就顯得無趣了。她總不能永遠清湯掛面，在冷風中唱戴佩妮的歌。

是啊，他今天在哪裡？是不是變成科技新貴？結婚了嗎？幾個孩子了？我應該去Facebook上找找看。

順便去找高中時那位素描男吧。她當初把我畫得像觀音，我要找他理論。你看，真被你說中了！我到今天還沒結婚。

YouTube上的歌唱到第二段，明麗拿下口罩，自然唱了起來。但她發聲有些吃力，彷彿如今，已經很難捕捉歌中的情境……

「我這裡天快要亮了，那你呢

我這裡天氣很炎熱，那你呢

我這裡一切都變了，我變的不哭了

我把照片也收起了，而那你呢……」

然後他們一起唱著副歌，明麗的聲音沒了，但嘴巴跟著動。四個當媽媽年紀的女生，一起走在十二月的大學校園。時間仁慈地暫停，注視著她們，給她們一首歌的時間……

「如果我們現在還在一起會是怎樣
我們是不是還是深愛著對方
像開始時那樣，握著手就算天快亮
我們現在還在一起會是怎樣
我們是不是還是隱瞞著對方
像結束時那樣，明知道你沒有錯
還硬要我原諒……」

2

明麗的老闆失蹤了幾天，終於出現在辦公室。他辦公室的門深鎖一整天，打開時，就是災難。

「明麗，跟你聊一下。」

下班前，老闆特別走到她的座位，客氣地跟她說。

Jenny和她交換眼神，她擠出微笑。這時候，她要做個好榜樣。

老闆匆匆往回走，她慢步跟上。短短幾公尺的路，突然變得好漫長。她從小討人喜歡，很少被罵，更別說被裁。當樂隊時曾經頂著豔陽背著鼓走過總統府，但眼前這幾步，她走不下去。

「麻煩把門關上。」老闆說。

明麗回頭關門。

「感冒好幾天了吧？有沒有去看醫生？」

明麗點頭。

「明麗，我不拐彎抹角了，你應該知道公司裁員的事。」

明麗點頭。她的臉頰發熱，腳顫抖著。

「總部要裁三十幾個人，所以各部門都會裁人。」

這是在安慰我嗎？

「我想先告訴你，我會請Jenny走，所以未來你的工作會更多。」

「Jenny？為什麼？」

她並沒有放鬆，只覺得錯愕。

「裁人的考量很複雜，這是總經理親自決定的名單，我就不多說了。」

「Jenny表現得不錯啊！」

「這三十幾個人都表現得不錯。」

明麗低下頭。

「還有……」老闆說，「我也會走。」

「怎麼會這樣？」這次她更驚訝。

那驚訝也是一種形式的支持，老闆點頭致意。

「你走了我們怎麼辦？」

「你會沒事的。我從不擔心你的工作。」

「那你有什麼打算？」

「我剛好休息一陣子。這些年，做得也太累了。孩子慢慢大了，剛好陪陪他們。」老闆站起來，「你也別太拼，找時間休息。」

老闆站起來，轉身拿起身後一個塑膠袋，遞給明麗。

「現榨的甘蔗汁，我咳嗽都喝這個。放到微波爐裡熱一下，熱熱喝很有效，你試試。」

明麗接過。她沒有看過他這一面。

「謝謝！」她咳了一聲，不知該說什麼別的話。五年來，他們沒有這種互動模式。

「結婚時，要請我喔！」老闆說。

明麗點頭。

她回到座位，Jenny對她使眼色，「還好吧？」

她不知該怎麼用語言，或表情，回答。

她坐定後，Jenny傳LINE給她。

「還好吧？」

「我沒事。」

「確定？」

「確定。」

「他說什麼？」

「他說『結婚時要請他』。」

「他找你進去說這個？」

明麗不知道，該不該告訴Jenny。

「我應該告訴你……」Jenny說，「我會走。」

「什麼意思？」

「他們會請我走。」

「不會吧……」

「我已經聽到消息了。」

明麗沒有立刻回覆。她想起她們一起吃的午飯、去speed dating、她的生日趴、她的工程師男友、那個可以當她爸的情人……

「為什麼你這麼冷靜？」

「這沒什麼。這工作做三年，也夠了。薪水這麼低，再找別的工作也好。我條件這麼好，還怕沒人要？」

明麗給她一個微笑表情符號。

「我怕太多工作搶著要你，就像男人一樣。」

「那我這次要好好選一個了。」

明麗不確定她講的是工作，還是男人。

「以後就不能一起吃午飯了！」Jenny說。

「以後一起吃晚飯。」

「我怕你太忙。」

「不忙了。」

「不忙了？」

「累了。」明麗說。

「這工作的確很累。」

「都累了。」

Jenny走到明麗座位前，拿出手機，把她那可以變成手機架的護套拆下來，送給明麗：

「累的時候，休息一下，看看影片。」

明麗笑。

Jenny把耳機的一端給明麗，自己戴上另一端，然後放出她生日派對上那首〈Empire State of Mind〉，前奏的鼓聲響起……

累了，都累了，明麗閉起眼睛……

那鼓聲，讓她想起高中剛加入樂隊的自己。當年，她就是從這個節奏練起……

「我一直不懂歌名的意思。」明麗問。

「他是說，你要有紐約的心態。」

「在紐約，

水泥叢林是夢想打造的

你可以成就任何事

毫無限制……」

「可是……」明麗說，「我們不住紐約。」

「所以他才說，這是一種心態。」

明麗36歲了，上班時間，坐在大銀行的企業總部，暫時閉上眼睛，聽一首饒舌歌。她聽不懂歌詞，但聽得懂鼓聲……

明麗又回到17歲，上課時間，站在高中的體育館，指導老師在她耳邊輕聲說：明麗，隔絕噪音，聽自己，找到節奏，你有天分，你可以的……

3

那天下班，明麗一個人走在路上，感覺十二月更冷了。

她走到松山菸廠的廣場，轉頭看101的燈光。101真美，但她膩了。她想換個環境，於是傳了一個訊息。

「京都團還可以報名嗎？」

她不期待阿川立刻回覆，但他立刻回覆了，而且是用電話。

「別傳來傳去了，直接講吧。」

她拿著手機，在廣場坐下。

「京都團當然可以報名。但先聲明，其他朋友都打退堂鼓，只剩下我，你介不介意只有我們兩人？」

「我不介意。但你女友呢？」

「她也打退堂鼓。她要飛美國，不能去。」

「你告訴她我們是旅伴，如果她不介意，我當然OK。」

「我不會告訴她。」

明麗沈默。

「我不是要騙她，跟你做什麼偷雞摸狗的事，要做早做了。只是事情交代地太清楚，有時會反而會造成誤會。」

「萬一她發現了，不是更麻煩？」

「她怎麼會發現？」

「搞不好飛機上的空姐看到我們，告訴她。」

「我從北京過去，你從台北過去，我們不會坐同一班飛機。」

「或是我們在京都旅館，被他朋友撞見。」

「那我們可以住不同旅館。」

「萬一我們在京都的廟裡，被她朋友撞見？」明麗開始逗她。

「楓葉季節京都的廟裡人很多，碰到她朋友的機率太低了。」

「就是因為人多，才會碰到她朋友！萬一她朋友也喜歡看楓葉？」

「那我只好矢口否認認識你。」

「這樣有效嗎？」

「應該是沒效。不過如果連這個都要擔心，就真的不能去了。」

「我當然不擔心，你擔心嗎？」

「我不擔心。你住我家，我跟她說了。她見過你，相信我們。」

「這麼確定？」

「我們不會怎樣啦。頂多是我騙你上床而已。」
明麗笑了！這是漫長的一天，她需要這個笑容來作結。
「那我們就京都車站見了。」阿川說。
「就這樣？」明麗問。
「就這樣。」
「我需要做什麼？訂房間？」
「我都訂好了。你只要買張機票，我們在京都車站見。」
「就這麼簡單？」
「不然怎樣？你要紅地毯迎接嗎？」
「不需要，這樣很好！」
「京都你有特別想去的地方嗎？」阿川問。
明麗看著101的燈光，慢慢說。
「只有一個地方。」
「什麼地方？」
「一座廟。」
「京都到處都是廟。」
「這一座特別。」
「叫什麼名字？」
「『常寂光寺』。」

4

明麗在京都降落。這是兩年來她第一次出國是為了玩，而不是出差。機場沒人舉牌接機，吃飯沒有公帳可報，一切都得自己來，她反而覺得輕鬆。

她拿著旅遊手冊，依照書上的步驟，和隱約認得的漢字，在機場買車票，坐上JR火車。

「上火車了嗎？」阿川簡訊問。

「剛上。」

「太好了！京都車站很大，我在門外廣場等你。」

到了京都車站，穿過匆忙的人潮和嘈雜的日語，她看到阿川在廣場上揮手。她竟情不自禁地向他跑去，彷彿他是思念已久的男友。

「糟了！我看到我女友的好友！」

明麗東張西望，看到阿川笑，才知道被騙了。

「走吧，我們先去旅館放行李，然後去看夜櫻。」

他們走了十分鐘，在車站附近的商務旅館check in。阿川一間，明麗一間。

他們進了電梯，阿川說：「你看了房間就知道，像衣櫃。這麼小的空間，無法偷情。」

「為什麼？」

「很難翻來覆去。」

「有時候不需要翻來覆去，也可以達到目的……」

「喔……」阿川意味深長地回應。

他們放下行李，走回車站，搭上100號公車。

「我先警告你，清水寺人非常多！」

「那我們幹嘛去擠？」

「你第一次來京都，一定要去清水寺一趟。」

「哎呀，你不用特別為我安排，我跟著你走就好了。」

「這就是我想走的路線！我不喜歡清水寺，但喜歡從京都車站到清水寺的這一段公車。」

「這一段公車有什麼特別？」

「你看這些名字：『七条京阪前』、『博物館三十三間堂』，很詩意！」

「還有『三千院』、『百萬遍』。」

「對啊！」阿川讚嘆！

明麗笑了笑。

「笑什麼？」

「很少有人到你這年紀還這麼多愁善感。」

「我不同意。」

「你不同意『到這年紀』？還是『多愁善感』？」

「我不同意『很少有人』，」阿川注視著她，「其實你也很多愁善感好不好。」

「哈！」明麗大笑出來，「我多愁善感？我在銀行上班，做風險控管耶！」

「那又怎樣？這跟你多愁善感不衝突啊！」

「你從哪裡看出我多愁善感？」

「『常寂光寺』。」

「什麼？」

「那天電話你說，京都你唯一想去的地方，是『常寂光寺』。」

明麗沈默。

「通常我朋友來日本，都指定要逛藥妝店、Bic Camera。你卻說了一個名不見經傳的小廟。這背後一定有一個故事！」

明麗沒有回答，阿川也不追問。

「常寂光寺等等，我們先去清水寺。」

下個公車，有些小雨。他們撐起傘，過了馬路，立刻看到人潮。走向清水寺的小道，舉頭就是楓樹。夜空下，散發出得了病、發了瘋似的暗紅。明麗拿起手機拍，阿川說：「我幫你拍一張吧。」

「我們自拍。」

「哇，第一張自拍！」

「我們在頤和園自拍過啊！」

「記得這麼清楚喔！」

進了清水寺，人潮更為集中。人和人，傘和傘，都擠在一起。窄路時，明麗甚至可以聽到背後台灣旅客講國語的聲音。

「後面是台灣人耶！」明麗說。

阿川逗她：「搞不好是我女友的朋友，甚至家人，我們走快一點。」

同一株楓樹的葉子從綠到紅，在燈光下更為明顯。茂密地擠在一起，誰也不讓誰。彷彿在爭辯著一些沒有答案的問題，比如說，明麗和阿川，倒底是什麼關係。
清水寺走一圈，擁擠的程度像去了一趟101前的跨年。
離開清水寺，走向五条通，阿川要到便利商店買東西。
「傘給我吧。」明麗接下，「我在外面等你。」
雨停了。明麗站在門口，眼前的遊客絡繹不絕。
她把阿川的摺疊傘甩乾、一葉一葉拉開、摺好，重疊，然後扣上。
阿川走出來，明麗把傘給他，說：「雨停了！」
阿川收下傘，好像接下一座獎盃。
「幹嘛，沒人幫你摺過傘啊？」
「還真沒有。」
「我曾經認識一個男人，他會這樣幫我摺傘。」
「很細膩，但沒必要。」
「為什麼？」
「雨馬上又要下了啊！你這樣摺，我都不敢用了！」
他們經過祇園，走到鴨川邊，倚著橋墩，吹著冷風。
「我們去的地方都有橋。」明麗說。
「對喔，上次是頤和園的十七孔橋……」
「下次約在華江橋吧，比較適合我們的調調。」
「說到橋，你知道他們把巴黎『藝術橋』上的愛之鎖都拆掉了。」

「『愛之鎖』是什麼？」

「情人把他們的姓氏的第一個字母刻在一個鎖上，把鎖綁在牆上，然後把鑰匙丟進塞納河。」

「很浪漫啊！為什麼要拆？」

「因為累積了幾十萬個鐵鎖，橋快撐不住了。」

「哈！」明麗說，「可見愛情是很沈重的！」

「這就是你一直不結婚的原因嗎？」

明麗轉頭看著阿川，笑一笑，「別說我，那你呢？」

「我結過婚啊！」

「但你把那鎖拆了。」

「因為快把我這個橋給壓垮了。」

「你想再婚嗎？」明麗問。

阿川點點頭，「Penny想結婚、生小孩。」

「你自己呢？」

「我也想生小孩。」

「所以你們會結婚囉！」

「應該會吧。如果過得了她爸爸那一關。」

「她爸爸的年紀……」

「沒大我幾歲。」

「那怎麼過這一關？」

「我跟她爸說：『我跟Penny結婚。前二十年，我照顧她。後二十年，她照顧我。』」

「聽起來很合理！」

「她爸覺得完全不合理。」

「為什麼？」

「他說首先，我又不是事業有成，現在還在創業，拿什麼照顧Penny？」

「這倒是！」

「其次，他說，你數學好不好？前二十年，你照顧她。後二十年，她照顧你。四十年後你走了，Penny還有二十年怎麼辦？」

「好厲害的爸爸！你怎麼說？」

「我說：『那就讓我們的小孩照顧媽媽！』」

明麗笑了笑，拍拍阿川的肩膀，然後往河的南邊，人少的地方走去。

婚姻的話題，讓她徹底感受到鴨川的冷。

她跟阿川來京都，沒有期待。一路以來，他也知道阿川有女友。但當阿川提到要跟Penny結婚、生小孩時，她的心，還是少跳了一下。她的眼皮細碎地抖動，像祉園門口那些藝妓的步伐。

她走開，不想讓阿川看到她露餡的表情。

你在自憐什麼？

大老遠跑來日本自憐？

楓葉這麼美？你這麼憔悴？

「你要去哪裡？」阿川問。

她沒有回答。鴨川的水很湍急，但她決心不讓水流進眼睛。

她可以聽到阿川的腳步，跟著她而來。阿川沒有說話，只是穩定地跟著。

走了十分鐘後，後面傳來聲音：「你這樣走下去，要走到大阪了！」

她停下來，身後阿川的腳步也停下。她喘口氣，嘴巴吐出霧氣。她想起上過的瑜伽課，吸氣、吐氣、吸氣、吐氣、「Empire State of Mind」、「Empire State of Mind」……

她用手按了一下眼溝，這次她守住了。

她看著自己的腳，鞋帶掉了。她放下傘，蹲下來綁鞋帶。阿川跑上來，站在她旁邊，幫她撐著傘。

她喜歡這個小動作。但阿川對她來說，就是一些小動作的集合，不可能加總成一個大局面。她自己清楚地知道，這不是她這個階段需要的。

她用力拉扯鞋帶、綁緊淚腺。

我不是在冷風中沿河漫步的那種人，不，從小就不是，幹嘛從今晚開始？幹嘛給日本人看笑話？

她站起來，轉過身，對阿川裝出一個燦爛的笑容，大聲宣布：「我累了，我們回旅館吧！」

5

第二天早上，明麗和阿川在旅館裡吃早餐。鄰桌都是商務旅行的日本人，臉上的表情比西裝的顏色還沉重。他們默默地吸蕎麥麵，沒有交談。頭頂的電視播著日本新聞，也調成靜音。

阿川的手機響起，「對不起，我接個電話……」

他拿起來，背對著她，走到一旁去接。明麗看著他的背影，嚼著千絲萬縷的納豆。

他掛下電話，回到座位，臉色凝重，沒有解釋電話的內容，只是問：「吃飽了嗎？」

明麗點點頭，「你呢？」

「我也差不多了。」阿川說，「那我們走吧。」

外面下著雨，他們撐起傘，走向京都車站。

開往嵐山的火車，五分鐘之後開，明麗說：「我去上個廁所。」

「去。我等你！」

明麗從廁所回來，阿川低頭滑手機。

火車上擠滿上班的人潮，他們靠在扶手杆，隨著車廂搖晃。

「你看這些站名……『丹波口』、『太秦』、『嵯峨嵐山』」明麗模仿阿川的口氣，「好浪漫！」

「下雨就沒那麼浪漫了！」

「我倒覺得就是因為下雨才浪漫！」

「那是因為你不用上班。」

你怎麼了？

他們在「嵯峨嵐山」下車，往天龍寺方向走去。沿路都是觀光客，但因為下雨，沒有節慶的熱鬧，只有清晨的寂寥。明麗還是想炒熱氣氛，「我第一次看到『嵯峨』嵐山，還看成『蹉跎』嵐山。」

「是啊，時間好快！」

「你會後悔跟我來京都嗎？」

「為什麼這樣問？」

「你早上看起來心情不太好……」明麗幫阿川把雨傘拉近身體，免得雨把他的外套打溼。

「你想太多了。」

明麗沈默了一下，然後說：「不要用『你想太多了』來搪塞女人，我們知道我們想了多少。」

像強力膠，氣氛立刻就僵了。

「Penny問我跟誰來京都，我跟她說了。」阿川坦承。

「你不是不想告訴她？」

「她直接問我，我不想騙她。」

「她一定很生氣。」

「我跟她說：我敢告訴你，你就不用擔心。」

「邏輯上是沒錯，但有時候我們女人不講邏輯。」

「她知道你是我朋友，也知道我還有別的女性朋友。」

「其實，我們女人不太相信男女可以單純做朋友。」

「那你為什麼答應跟我來京都？」

「我就說嘛，有時候我們女人不講邏輯。」明麗笑，「Penny現在人在哪？」

「台灣。她飛美國的那個班取消了。」

「我們下午提前回去吧。你跟我一起回台灣。」

「這怎麼行？我們昨天才剛來！」

「我們來看楓葉，昨晚看過了。我還想看另一個地方，看完後我也滿足了。」

「不需要這樣！」阿川說，「而且，機票不好改！」

「是誰跟我講過：『機票怎麼會不好改！我每次坐飛機都改機票！』」明麗模仿阿川在北京的口氣。

「這樣我對你不好意思。」

「我曾經為你改過一次機票。」明麗說，「如果你真的把我當朋友，就也為我改一次。」

他們走到天龍寺，沒有隨大部分的人進去。他們站在門口，看著背景山上的雲霧。

「走吧。」阿川帶明麗離開天龍寺。

他們又走了一小段山路，來到「常寂光寺」。

如果天龍寺的門面是圓山飯店，常寂光寺就是間小民宿了。

漆黑的木門，向內退縮，好像不想讓遊客注意到她。

不同層次的楓葉，覆蓋在木造的票亭。票亭上懸著一盞四方形的燈，在灰暗的早晨喃喃自語。

他們買了票，拿到棕色的說明書。裡面是日文，明麗只隱隱約約地看懂幾個漢字：永祿四年（1561年）、日蓮宗大本山、小倉山、濫觴……

但最好的說明書，是眼前的景象：兩旁的楓樹向中間伸展，拋出一條紅色的隧道。隧道兩旁的排水溝，堆滿了落葉。兩盞形狀像信箱的燈，站在兩旁的石柱上。

他們走了幾階，穿過「仁王門」，看到一條工整的石階，一路向上……

石階旁的小丘，亂石散佈。石頭上的青苔濃重，像在生著悶氣。

至於石階上通往哪裡，看不出來……

「哇……」阿川不由自主地讚嘆。

明麗看到這石階，想起過去這一年……

每一天，都是一階。

年初生日時曾說過：這是我單身的最後一年。

現在還可能實現嗎？

看著亂石、青苔、落葉，和不知通往何處的石階……

她也不知要通往何處。

阿川的電話又響了，他走到一旁去接。

明麗獨自往上走……

她想起那個介紹她來常寂光寺的男人。

「京都寺廟很多，這是我最喜歡的一個小廟，叫『常寂光寺』。光聽這名字，就很浪漫對不對？在京都時好好照顧自己，有空時可以去逛逛。如果真的去了，拍張照片跟我分享。我想看『常寂光寺』在不同季節的樣子。」

他跟她認識的其他男人都不同。他沒有天龍寺的氣派、嵐山的神祕、祇園的細緻。他就像，眼前這座常寂光寺。

她獨自走到台階盡頭，看到本堂。

她拿出手機，拍下眼前的石階。

然後她找到那男人的LINE。

明麗想要寫幾個字，但她不知道該寫些什麼。「好久不見」、「你好嗎」那樣的字眼，在這樣的景色旁都顯瑣碎。

於是她就單純地把照片傳出去，沒有任何說明。

「這就是常寂光寺？」阿川走上來問。

明麗很驕傲地點頭。

「介紹一下，我從來沒聽過這座寺。」

「你轉過來。」

阿川轉身。

「哇……這景色美！」

視野一層一層，山下是紅白相間的建築工事，遠一點是京都市。

明麗說：「這裡因為高，坐擁整個京都。你在有名的天龍寺，看不到這景。常寂光寺不有名，也不起眼，只是自己默默地、富足地在這裡。」

「你該不會想出家吧？」

這時，明麗的LINE響起。

她拿起來看，笑了。

「什麼訊息讓你笑得這麼開心？」

「一位朋友。」

「是誰？」阿川問。

明麗沒有回答，只是笑。她的笑容，比身後的楓葉還紅。

那一刻，在她出生將近三十七年後的一刻，她終於變成她名字所期許的，那個明亮而美麗的女子。

國家圖書館出版品預行編目（CIP）資料
我單身的最後一年
王文華 著；初版．臺北市：
蛋白質女孩有限公司．2018.7
320面；15×21公分．—（小說：1）
ISBN 978-986-94284-2-2（平裝）
1. 小說
857.7　　107010204

小說 02

我單身的最後一年

作者　王文華
責任編輯　熊晏琳
美術設計　IF OFFICE
封面攝影　陳敏佳
出版發行　蛋白質女孩有限公司
E-mail　service@dreamschool.com.tw
Facebook　www.facebook.com/wangwenhua
印刷　永光彩色印刷股份有限公司
總經銷　大和書報圖書股份有限公司
初版一刷　2018年7月
定價　新台幣280元